U0894107

《时光渡口》 查结联◎著

《SHIGUANG DUKOU》 ZHA JIELIAN◎ZHU

SHIGUANG
DUKOU 时光渡口

时代出版传媒股份有限公司
安 徽 文 艺 出 版 社

SHIGUANG DUKOU

时光渡口

查结联◎著

ARTIME 时代出版
时代出版传媒股份有限公司
安徽文艺出版社

图书在版编目(CIP)数据

时光渡口/查结联著. —合肥:安徽文艺出版社,2015.8
ISBN 978-7-5396-4661-9

Ⅰ. ①时…　Ⅱ. ①查…　Ⅲ. ①诗集-中国-当代　Ⅳ. ①I227

中国版本图书馆 CIP 数据核字(2015)第 142284 号

出 版 人:朱寒冬　　出版策划:朱寒冬
责任编辑:刘冬梅　　装帧设计:张诚鑫

出版发行:时代出版传媒股份有限公司　www.press-mart.com
安徽文艺出版社　www.awpub.com
地　　址:合肥市翡翠路 1118 号　邮政编码:230071
营 销 部:(0551) 63533889
印　　制:安徽新华印刷股份有限公司　(0551)65859551

开本:880×1230　1/32　印张:15　字数:320 千字
版次:2015 年 8 月第 1 版　2015 年 8 月第 1 次印刷
定价:32.00 元

序

唐先田

诗歌之于人类，犹如太空中的月亮和星星，是不可或缺的。

然而，如同月亮、星星蒙上了阴影，当下的诗歌确然有些云遮雾罩有些落寞了，对于它，人们不再那么津津乐道，读了它，人们感觉不再那么提神，更无感叹唏嘘、振奋激昂、捶胸顿足的激愤了，诗歌应有的美丽风景茫然不知所措地被隐没掩蔽了起来。这自然不是诗歌的错，错在世态人心的浮躁与浅薄。诗歌的光芒永在。

就在诗歌的景况有些暗淡的时候，查结联送来了他的诗集《时光渡口》原稿要我阅读，我欣然应命；查结联不仅要我阅读他的诗歌，还要我在阅读之后，为他的这本诗集写一篇序，我欣然应命。

对于查结联提出的要求，我别无选择，唯有欣然应命，谁让我们是忘年之交呢！

在我看来，查结联是个有情、有义、有担当的人，这是他的诗歌的基点，也是他之于我和他之于其他许多人的友谊的基点。

除了这个基点之外，查结联还有另外一个基点，那便是他来自文化、诗歌之乡。他是怀宁人，怀宁的皖河与长江相通，气势浩瀚，著名的乐府长诗《孔雀东南飞》的本事就发生在皖河两岸；怀宁出过陈独秀，陈独秀特立独行、思维敏锐、犀利、深邃，然而却坎坷、尴尬、不幸，是一位被抛弃的先知，他的旧体诗词写得好，但他并不以此为满足，于是他让胡适和他一起联手，开创了中国新诗的先河。查结联是记住了这位旗帜乡贤的；另一位他也记住了的是海子，他和海子同龄同乡同宗（海子原名查海生），都是从麦地里稻田里走出来的诗人，他们都曾听到过春天小麦拔节的那种细细的天籁之音，都曾闻到过夏天稻禾扬花那种清淡诱人的香气；京剧鼻祖程长庚也出自怀宁，虽然至今未曾听说程长庚写过诗，但他在舞台上的每一句唱词，以及那优美圆润铿锵的韵白京白，都是美妙的诗句；怀宁还有一位大手笔，他从不浅唱低吟，他遨游寰宇、挥洒太空，他的引吭高歌震彻苍穹，他便是邓稼先，当他的诗篇蘑菇云似的腾空而起的时候，全世界都为之震惊……查结联和他的诗，都出自于这样一种壮美磅礴的氛围。

关爱生命、礼赞生命，是查结联诗歌的极为动人之处。他有许多诗直接以“生命”为题，如《生命》《生命的河流》《生命幻想曲》《生命的撞击》等等。“生命布满宇宙布满空间布满意识/生命开拓荒芜开拓野蛮开拓没有风化的人迹/生命无孔不入生命追寻每一细小的缝隙/世界不朽生命不朽世界永恒生命永恒/世界因生命不朽而永恒而千年万载地辉煌”，这是他在《生命》这首诗中对生命的歌唱。《纤夫》是他对生命最质朴的描述和刻画：“纤索/绷得吱吱作响的信念”，“逆流/天生是我们生长的土壤”，“褴褛的服饰和向前的腰身/成为我们不朽的身份证”，“不是雕塑/我们磅礴的气势不是供人欣赏/我们中间从没有一个人奢望享受/我们所有的伙伴/都只知道将纤索/稳稳地套上长满厚茧的肩膀/做出老牛和骆驼般的姿势”，这些诗句，让人感受到了生命的顽强与不朽，让人懂得风雨激流、险滩顽石对生命的磨砺何等可贵，让人深知，你若要使生命有意义有价值有光彩，你就必须不懈地做出“老牛和骆驼般的姿势”，一刻也不能放松脚踏实地，一刻也不能放松奋发努力。查结联的《纤夫》，使我想起了法国人卢梭早在十八世纪说过的一句话，“只有在庄稼人的粗布衣服下面，而不是在廷臣的绣金衣服下面，才能发现有力的身躯”。查结联笔下的纤夫形象和卢梭的话，都是在颂扬生命的运动、生命的力量和生命的宝贵。

与“非英雄”论调的那些说法完全不同，英雄情结，在查结联的内心深处是极为虔诚的，在关于生命的许多诗篇中，对于英雄的生命，诗人充满着景仰与崇敬，“沐浴瀑布般的阳光/你不是一尊石头，而是/一具有血有肉的躯体/你鼓凸的血管/汹涌铁与钙的洪流”，“金色铜号吹到哪里/旗帜就飘到哪里”，“在金戈铁马腾飞的赭红烟尘里/显示生命的高贵”(《英雄交响曲——敬献人民英雄纪念碑》)。在《江姐》那首诗中,他则用极其朴素的诗的语言,描述了祖国大地由南而北由东而西地普遍地存在着的一个活生生的真实:“许多人并不知道你真实的名字/但都唤你江姐/如我这辈/你当是祖辈上的人了/我们仍唤你江姐”,“我们的先辈和我们的后辈/在心灵的家园在深深的怀念中/都将永永远远深情地唤你/用这世界上最真实的声音/江姐江姐江姐”,这些诗句,将江姐,将江姐这个英雄的化身,在祖国大地深入人心、家喻户晓的那种辽远、真切的情愫,简练而淋漓尽致地表达出来了。

正因为生命是宝贵的,所以要善待生命、珍视生命,为此,他和他的老乡海子发生了一点分歧,他固然无法阻止更无法指责“你向隆隆的列车挺进”(《悼海子》)的悲壮选择,但他坦言:“海子,我的老乡我的兄弟/我不会学你/我要有滋有味地活着/活得有个人样”(《老乡,生命是宝贵的》)。海子的英年早逝,使所有喜欢他的诗歌的人都感到沉痛感到惋惜,查结联在沉痛惋惜之余,还向所有的生命都发出忠告,在任何艰难困苦之下都必须毫不犹豫地珍爱自己的和他人的生命,不但要活下去,还要“活得有个人样”,“以人为本”的格言在他的诗里闪耀着光彩。

蕴含着浓厚真挚的亲情,是查结联诗歌的另一特点。在现实生活中,查结联是个不事张扬的人,他的表达常常只是在淡淡的一笑之中，或者在极为简短的话语之中。诗如其人，他的诗也是常常将那些波涛汹涌震撼人心的浓烈情感，深深蕴藏在极为平淡的诗句之中。他写父亲，只是一句“麦地的幽香使得父亲泪流满面”（《伫望于岸》）；他写母亲，只是一句“临别时餐桌上那碗鸡蛋汤/母亲忘了放盐”（《故乡》）。查结联出生于农村，他的父母都是农民，这是农民的儿子对农民父亲对农民母亲最细微的观察与最真挚的描述。土地之于农民、庄稼之于农民，除生计的需要之外，还饱含着数不清的与烈日与寒风与暴雨的痛苦拼搏，汗水泪水，还有那使不完也从不知算入成本的力气，这一切所孕育出的青葱的禾苗、长满绒毛的豆荚、在微风中摇曳的稻穗麦穗、抽出红缨的鲜嫩的玉米，是他们心中最为宝贵的珍奇，你能闻到麦地的幽香吗，父亲能闻到，而且闻到之后如此地情动于衷，“泪流满面”，如果不是对农民父亲有透彻的理解，是写不出这样的诗句的。儿子要外出了，参军、上学、工作，总之是有出息了，母亲高兴，然而，母子之别就在眼前，拐过村头那几株银杏和白杨，儿子的身影就会看不见，母亲难舍母亲难分，儿子离家是去奔前程，需要吉庆，需要祝愿，因此，母亲又不能流泪，于是，母亲有些慌乱了，竟至于在送别儿子的那碗鸡蛋汤里忘了放盐，这是生活中时时都会发生的事，用平淡的诗句表达出来，就是人生难忘的大爱。查结联心中的母亲和他诗中的母亲，是那么朴实、那么慈爱、那么高大。

乡情是亲情的不可分割的一部分，查结联的乡情是异常浓烈的，请看《山妹子》和《唢呐声远了》吧，这两首诗可以看成是姊妹篇，“山妹子是妈的是爸的/是媒婆弹簧般的巧舌的/是那令人眼花的彩礼的/山妹子定亲了/山妹子要到远远的山外去了/山妹子哭了/姐妹们都为她哭了/那人也悄悄地哭了”，这便是许多农村婚姻的现实，查结联深深地同情着“山妹子”，也深深地同情着“那山岗伫立的少年”，但他又无力回天，无力让“山妹子”和“那人”终成眷属，只能和那少年一起望着那“渐渐变成红点的纱巾”，听那远去了的“古朴的调子里只有凄凉”的唢呐，诗人的心情是沉重的，他用他的诗记下了这一切，他期盼着唢呐的调子里的凄凉渐渐远去，而发自“山妹子”们内心的欢乐则在唢呐的曲调里响彻云霄，他更期盼着“山妹子”们能如他在《赠你一块蓝天》里描写的那样，每人都能得到“那人”赠给她的“那块蓝天”。《赠你一块蓝天》是一首极好的诗，反复运用的复调叠加句式，直接地传承了《木兰辞》和《孔雀东南飞》艺术形式的真谛，使得诗情那么纯真那么蓬勃。

诗出自心灵、出自感悟，尊重诗人，是尊重“言有尽而意无穷”的智慧与劳动，诗人常常将人世间那些只可意会而不可言传的意象、意境写在纸上，可以吟哦、可以朗诵，使人们在豁然开朗的一刹那间，得到快乐的享受、精神的振奋和聪明的点拨，所以诗人在人群中常常引为骄傲。诗在诗的漫漫长河里，渐渐地有了自己的法度，也就是自己的一些内在规律，南宋的严羽说，“诗之法有五：曰体制，曰格力，曰气象，曰兴趣，曰音节”（《诗辩》），后来一个叫陶明濬的人，又加以引申和具体化，“体制如人之体干，必须佼壮；格力如人之筋骨，必须劲健；气象如人之仪容，必须庄重；兴趣如人之精神，必须活泼；音节如人之语言，必须清朗。五者既备，然后可以为人。亦惟备五者之长，而后可以为诗”（《诗说杂记》）。将诗的艺术引申为人格化或生命化的形态，颇能说明诗的内在精神，这些说法，虽是旧诗家的经验之谈，也可供新诗家借鉴。诗歌是文学的精灵，诗歌无论如何都不可能缺位，诗人们一定会写得更好，查结联一定会有更多的美好篇章。

二〇一四年十二月

目 录

第二辑　生命之河

第三辑　话说爱情

第四辑　回归村庄

第五辑　如歌散板

附　录

第一辑 交叉立体

在这从没平静
也永不平静的舞台
力量
文明与落后
构造
一个具有特殊素质的
交叉立体

搁浅的船

悲哀的不是我
是支撑我的绝望

昨夜的风暴
掳去了我的帆桅
掳去了我远航的夙愿
我成为悲苦的残者
平素和我相依的鱼儿
今天也远离了我
真羡慕它们
羡慕那个可以自由驰骋的世界
我所有的一切
现已全部丢失
丢失在我辛勤了一生的领地
海浪的召唤不能拽走我
海风的温情不能安抚我
我是一个无用的残者

一个被风暴击败了的昔日的勇士
然而我仍向往
那惊心动魄的搏斗
那胜利者的兴奋
那只要经历过一次
就永远不能忘却的苦难

交叉立体

带着殷红血丝的纤夫号子
古老而又年轻
如今
这悲壮的声音里
又加进轮船的汽笛
赭色峭崖的回音壁
每寸
都被撞响

色彩斑斓的贝壳
和一个个深深的脚窝
把一行行记忆
在白色的沙滩重重地打上
岁月
和波涛一起
又将它轻轻抹平
在这从没平静

也永不平静的舞台
力量
文明与落后
构造
一个具有特殊素质的
交叉立体

伫望于岸

伫望于岸
我未捻断一根须
（本也无须可捻）
浅浅的黑色印记尚未清晰
就被电动剃刀毫不留情地除剔
准确而彻底

伫望于岸
伫立成一堵漆黑之墙
河水不能精确倒映
我短小精粹的影子
悠悠远去的平静
荡去心灵沉淀的圆圆卵石
这是祖父也曾伫立之岸
静观水中漫游之鱼
他只掷落一个淡然的背影
父亲也曾来此久久伫立

面对满眼浪涌的麦穗
他自始至终未能弄懂
祖父未有只言片语的匆忙
麦地的幽香使得父亲泪流满面
我不能完全理解这种激动
但父亲是真切的
这岸告诉我

此刻伫立于岸
想到祖父想到父亲
以及与他们相关的一些事情
我的思绪似清似浊

时　间

没有起源也无终结
仿佛一把锈迹斑斓的大锁
将所有陈旧或新鲜的记忆
统统封存
任何万能的钥匙
全都无法开启
些许意识的游丝
偶尔透过门槛的缝隙
游弋到潮湿的空气
使嗅觉灵敏者
略感不适
现实的或臆想的一切
在这锈味十足的窒息里
全都封冻成
一块僵硬的冰坨
千年万年不得风化

落幕之后

仿佛戏已落幕
大街历经一天的折腾
再也支撑不住
终于瘫倒于万分疲惫
你如此优雅地踱步
我真怀疑你是归栏途中的羊
在这充满诱惑之夜
我以男性躯体里沸沸扬扬的嚣噪
步尘你的美丽和引力
只是将那一丝细纤的谨慎
藏头露尾地安置在你我之间
这段短暂之距离
而和我如此这般的少男们
全都公然向你抛掷注目礼
那股莫名的妒火
烤炽我耐力欠佳的五脏六腑
几步上前将你拦截
你的目光将惊骇与仇恨

强烈地狠狠刺向我
(使我想起武打影片中那可怖的飞刀)
……招架。对打。相持……
终于,我露骨的渴望稀释了你
你垂下的眼睑
提示我可以毫无遮拦地靠向你
让街灯透视我们的躯体吧
众多目光的取景框里
我们注定成为剪影
真感激这夜　这夜的温柔

结　局

死之虎口向我大开
幽绿的舌苔
黏附于猩红涎液之舌
利齿排列异常齐整
只是没能设置任何障碍
我甚至可以窥见
那只饥饿痉挛不止之胃
莫名的好奇与决然
使我很想自此潇洒而入
以一试身手
胃囊以下的隐秘部位
更能勾起我的无限臆想
这是一种难以抵御的诱惑
使人亢奋
只是有一种声音
不合时宜地于一旁响起
我兴致顿消
不想做出任何决断
看来,只有死之虎口
才能顺其自然地导出结局

归　宿

风倒立在你肩上
你倒立在风中
风疾走
你——慢——行——
你的骨头被拉扯得生痛
实在是难以忍受了
你纵身跃入
路旁那幽深的土坑
风立即掀起巨大的石板
紧紧盖严了坑口
从此你彻底摆脱了风
从此你再也感觉不到痛

春天的本质

人们脱尽了冬装
于悄然不觉间
女人们开始展示魅力四溢的形体
那些久违的植物
一夜间从地底探出张望的脸
树的枝头仍不舍弃重复
再次吐蕾绽芽
感受着这些仿佛读一部章回小说
年过三十的你已失去惊奇
关于春天的本质
你默想良多思虑经年
只是从未搜寻到切实答案
回想少年时光放眼雪地
渴盼春雨的迷蒙一片
在春的暖阳和风中
又向往一场纷扬不止的大雪
如此回环往复从不疲惫
你感到无法理解

再次面对冬去春来
忧心忡忡你困惑满腹
不愿深究什么所谓的本质

冬天脸孔上的秋

画毕一帧女人的肖像
(不太丑陋亦不美丽)
你说她就是冬
时节已值冬季
霜花凝在屋顶
越来越显沉重
卫星云图上的雪粒
正自北向南悠悠踱步
我已穿上最后一件绒衣
这样的夜晚
极向往偏僻村舍的炉火
端详你自鸣得意之作
面对你所言的冬天
我分明感受到秋天的意象
那眼那耳那仿佛微动的鼻孔
无一不透出秋的气息
尤其那飞飘落寞之眉
恰似一片秋天的林梢

对你如此恶毒的心怀叵测
我深表愤怒

晚　夜

想哭就紧紧地咬住被角
既然自诩是男子汉
就该永远和哭泣绝缘
如果无法忍受
这样的夜晚是最好的时机
被子会隐藏所有的秘密
天明昂首挺胸走上街头
别人不会知晓这一切
“叭嗒”“叭嗒”皮革的声响
仍旧证明青春气魄
声调高低抑扬起伏跌宕
依然掷地有声显示刚劲
晚夜真好难耐也变得美丽
晚夜属于你我同样属于他
晚夜属于每一真实而亲切的世界

秋　夜

于是天空开阔起来
不仅白天而且在这秋夜
没有比这更动人的了
在那深蓝的背景上
你可以随意涂抹什么
疲惫的马可以咀嚼泡沫
柔软的蛇可以吞食美丽的鸟禽或者可恨的鼠
甚至在女人的短裤衩上
你可以投影许多奇形怪状的图案
图案中你可以随意发挥想象
想象完了你可以随意杜撰一个
只有你自己才能懂得的故事
你还可以在故事里
深深烙下你自己的影子
反正没人能爬进
你复杂而多变的大脑皮层
一瞬间你豁然开朗了——

仿佛就那么回事
把正儿八经和烟蒂
统统扔进路旁的臭水沟
嗤啦啦的声音和二分几厘钱
又一次宣告完成使命

夜　景

孩童的梦呓
自窗口　漫溢
成为清冷的街上
盏盏泡沫似的路灯
幽蓝而昏暗
自行车驮负
一个个黑魆魆的影子
姗姗而来
又姗姗离去
斑马线默默标示前行
(几双失眠的眼
使黑暗　布满血丝)
几只野狗
于街头踯躅徘徊
狂吠早被忘却
只想觅得一处
生长美梦的窠臼

黄 昏 星

浓重的黑暗倾压天宇
所有的星辰都隐没进重重的
帷幕,只有你
还扼守着那方小小的领地
以微弱的光芒
显示那不免蕴含些许凄凉
但仍使人激奋的希望
东方因了你的存在
汹涌起绯红的初潮

当光明驱散全部阴影
仿佛暂时觅得一方宁静
你退守居地
一旦黑暗再次侵临
你又飘扬起抗争的旗帜

雪　原

一切均被吞噬
唯有空气,在
超越雪粒的呻吟
和冰凌下的苦痛

红色不仅为诱惑
也是深沉的陷阱
如那坚实的罗网
网织大地和
无声的缄默
先知融在空气里
控制女巫的妊娠
谁也无法猜度
在这片空白里
将又诞生怎样的怪胎

晚　景

似乎很累了
雪粒于空中渐渐昏迷
竟至都酣然入睡
空间暂时得以清爽
太阳的余晖毫无遮拦地
悄然驻足雪野
几只饥饿的野鸽子
对着彤红巨大的日轮
咕咕直发悲寂
回应它们的，只有
愈来愈冷却的寒风
这使它们惶然想起
那曾使同伴丧生的枪声的凄厉
于是它们迅疾而盲目地
起——飞——了

山　洪

荒凉的春意疯狂泛滥
像一个淫秽的荡妇
将那充满晦气的欲望
裹着滚滚奔涌的漂流之后
砸向村庄砸向都市
聚焦众多冤魂生长出的
一棵棵孤独之树
以辐射失望的眼瞳
举望天空
举望无望的奇迹
然而奇迹从未发生
江河将荡妇的阴森之波
遍洒浑噩的大地
道路痉挛着莫名的苦痛
以扭曲之躯体
阻挡汹涌漫过的巨大灾难
鸟儿啼鸣之婉转
再也无从袅起

撕不烂这阳光下浓密的黑暗
(天阴阴地阴阴心阴阴)
荒凉的春意下
屠宰者挥舞起千钧之巨斧
尽情扼杀

石　头

在后山的向阳坡上
你蹲伏着
默默地

世人已将你遗忘
你的生存
只不过　为了完成
造物主的某种昭示

当年常在你身上
蹦蹦跳跳的那个
穿红花小袄的小女孩
如今也变成了老太婆
但从她豁了牙的嘴里
给儿孙们
流出的每一个故事
从没提到过你
为此你感到悲伤

是的　太阳
这富有无限韧性的染匠
现在也厌倦了对你的涂抹
——你身上的黑色素
已经再也难以复加

——然而
千百年的时光没有白过
每天每天
你不是都在翘首
那个怀揣已久的璀璨的黎明

江　风

霞光镀亮你
夜色包裹你
你自徐来你自徐去
而你拂去的
只是空空的行囊
你所携带的
只有高高低低的叹息
不知为何而生
为何消隐,唯有
礁群对你刻骨铭心
于浪的撞击
合谋毫无声息
不知又将进行怎样的屠杀
在这弯弯曲曲的银亮世界
你究竟企图什么

钟　　楼

钟楼高耸。迫使
各色人等成为侏儒
永无止境地角逐
不断有人失踪
无数双恐怖的大眼紧盯钟楼
却都装作视而不见
前往教堂的路途
没见一具棺椁

钟声悠扬。钟楼
这无所不包的肚皮
填满诸多杂物
乃至每根悄悄运行的神经
全都无法逃脱
这一庞大的储存箱
地球和地球之外的任何事体
进出不用凭票
都在渴盼一只方舟
只祈求不要沉没于海之浩瀚

当我伸手的时刻

在瓷厂参观，怀着无以名状的好奇，我伸出了手。瞬间，一只漂亮的碗坯碎了……

走近的不是我
而是你
和你幻境般的美
碎了的不是你
而是我
和我颤抖的手

世上所有的温柔
走近的瞬间
撞成碎片

真希望有一股风
旋起你
旋成急骤的碎片雨

浇我的灵魂
淋我的躯体
让诱惑
新美如初

也许只因欲望
使我和你
合演一幕悲剧

境　界

——听扬州大寺僧人诵经

夏日难耐的燥热
受阻于幽光闪烁的木质门槛
玻璃罩里点点烛火燃着一片森严
木鱼从浩瀚水域消消潜来
伴鼓声，将清脆之神秘徐徐悠扬

如来观音诸神傲然其上
以威武以慈祥以不可测度，俯视
下界的万般虔诚
凡夫俗子难以晓谕的合诵
自众僧之口
自双目微闭的端立之躯体
冥冥而发，万物不复存在
香炷袅起的缕缕淡蓝
扩散沉重之幽秘
湿透僧衣的片片汗渍
也不能浸入
这超然一切之和谐

唯落地风扇隐身于众神之阴影下
将丝丝舒心之清凉
迟迟疑疑地播向
这缥缈虚幻的
人仙同在之超然境界

坚信你真切地存在过

翻遍二十四史
未能觉察你的任何行踪
我坚信你真切地存在过
而且轰轰烈烈
那是在唐或者在宋
抑或元明清

我日夜不停地翻检史册
寻找你,哪怕只能透视
有关你的一丁点蛛丝马迹
面对堆积如山的枯黄纸页
我深感失望
也许史学家们深深地惧怕你
怕你一旦入史
会令他们全无立锥之地

满怀失望地翻阅史页

饥饿不时袭我
走上街头想买块面包
忽见你刚拐过前面的街口
急切切地赶上前去
满眼淤塞熟悉的车流
和一律毫无生气的陌生面孔
难道你不仅存在过而且至今仍存在着
哪天碰上
你会对我说些什么

偶然效果

观你背影的悠闲
我记取某部电影或某部小说的某一细节
毛瑟枪那巨大的威力
使我很想现场一试
几步悄声上前忽高喊
不许动举起手来
你索索抖动的双腿
令人怀疑这脆弱地壳
是否正进行某种衍变
连你头发的梢头
也在显示那彻骨的慌乱
其实毛瑟枪锃亮的扳机
离我不知尚有多少里程
你脊背上的强硬
只是我一时精力充沛的拇指
为使效应淋漓尽致
这家伙此刻大气凛然

事已至此
锐气渐消的我和我的拇指
棘手局面不好收拾

夜中对手

手指如翅
鼓荡浓密夜波
你无法进入瞳孔
涂上黑漆的肖像
还能生动几何？

只能掌灯于心
默然照耀
灯光温暖如橘
这隐约之林中浆果
沁不出一丝幽香

无法想象夜中对手
你——是——什——么？

职业拳手

于擂台这热气蒸腾的汤盘
你滚动着
观众席上燃起的熊熊之火
持续加温
直至将你烹调得
清香可口

沉重的跃动
叩击着心脏的疯狂
记记致命的刚劲
使所有心灵深受重创
人类泅渡无边的哀伤
绷带乃一条炽白的项链
套着你的颈脖你的手腕你的裸足
你的整个躯体和魂灵
这闪烁耀眼光芒的绳索
使十字架的阴森

渐次明朗
血液沸腾的河道
汹涌骨骼的暗流
席卷命运
棕色之昼褐色之夜
嘶咬难分的耗子喧嚣

雪莲·少女

昨日狰狞的石头
石头上幽绿的苔藓
那一碧挺立的倔强
都已远逝而再无踪迹
只剩下银白的冷寂

一朵雪莲,含着微微的羞怯
借银白领域展现淡淡的红晕
并以红晕献一簇红扑扑的热情
无边的冷寂已为之风化
缠绵的生机正编织希望的茂密

少女久久伫立,她在领略
苍茫世界的这一奇迹
弥塞空间的单调
连同所有的失望与忧伤
都被这簇熊熊热火所点燃
她忘却了雪野的清凄

松果·古红枫·小男孩

那是一颗圆实的松果
在枫叶殷红的凋枯里
以其沉甸
昭示曾生长于大地的繁茂
其他的松果全都坠落了
再次验证已验证了无数次
——自哪来必将回哪去——
这一朴实的原理
这是南方秋后的山岗
那颗松果就高高悬挂于
兀立山岗的那棵古旧的红枫树
红枫树的奇特
吸引了和古红枫一样
兀立山岗的小男孩
这颗松果此刻为何
还孑然孤独地高悬于枝头
绽开的果壳为何

还裸露粒粒松子的饱满
来年还会生长出一棵
和这古红枫一样的小枫树么
——小男孩沉入冥想
可他终也没有得出
任何令他满意的结论

因为这是南方秋后的山岗
对于这里发生的一切
小男孩现今还没有
任何深刻的理解

草原和牧羊人

草原拉长你灰色的背影
如同梦游者你到处漂泊

羊群业已失去
白色的愉悦业已远逝
毡房的启示再也激不起
你汹涌的激情
结满相思网的窗口
再也映不出灯光的殷红

草滩传出阵阵虫鸣
往日是多么悦耳的抒情之曲
而现在一切都不复存在
连同蓝天的覆盖
都不能合拢你的梦境
你只是盲目地漂泊
岸在哪里心在哪里

你全然不知也失去企求
但草原毕竟宽厚
阳光的雨丝依旧晶莹
微风过处布满温情
你的哀怨你的凄清
被牧歌遥遥地昭示渐渐抹去
谙熟的咩咩声声
尽管不是你的然而亲切
心的角落那一点火焰
依然扑扑索索

你灰色的背影被草原拉长
梦游者的盲目四处漂泊

孤　独

墙壁真可恶
你直想推倒它
可除了打碎窗上
脆弱单薄的玻璃
其他一切你无能为力
将门一甩
大街的噪音即刻包围了你
只得掏出钥匙
重新进入那可恶的
墙壁合拢成的肚皮
无可奈何地叹口气
继续和香烟亲吻
这老朋友还够哥们
时刻都会亲近你
在烟雾的淡蓝中
你和台灯对话
台灯却毫无道理地
狠狠咒骂了你一顿

深　入

深入是一条蛇
或是一个苹果
或是什么无端的臆想
难以确定
但许多人还是苦苦地谋求
世上好些事情
很难一时说得清楚
深入似乎更是谜中之谜
依据我的经验
深入是一种享受
在时间与空间的坐标系上
深入值呈曲线上升状
这与蛇与苹果与臆想以及其他
毫无共同之处

兄弟，还是走吧

是什么在喧响呢，兄弟
你说根本找不到岸
也从不企求岸

可你的耳朵还照样聪颖
难道你真没听见
这巨大的喧响之声吗
狂涛鼓胀在你的周围
声音的泡沫将你簇拥
你真的毫不动情么
想那星星桅灯般炽亮的启示
你也遗忘了吧
那个夜晚你的手臂
曾是那样刚劲有力，兄弟呵

但你的睫毛不是衰草
你的眼瞳不只有冰冷

你的胸肌依然搏动生气
兄弟,你是不会沉落的
让尸骨浸透寒彻
让躯体布满苔丝的幽绿
让游鱼从你毫无知觉的
后脑勺轻巧地摇曳
这些于你都不可想象
劝你还是相信我们的船只
启航没有错
归途也没有错

你的背影只诉说缄默
而风将你的头发轻轻扬起
你思绪的秘密
再也逗留不住了
向远天迷蒙的长久注视
早就泄露了一切
兄弟,我们还是走吧

你的鄙视和我的担心

你右手拿烟的姿势
和你嘴里接连吐出的
都只能表达一种意味
——鄙视生活

不知你最初的日子
我是指你在母腹的日子
是否也有这种想法
但你毕竟到了这世界
另一双小手颤颤地
第一次扼住你的手腕时
你那么忘情的动作
似乎与这想法不符
生活是一根油条
或是一块烧饼
或是彩电冰箱什么的
看来你还没有完全弄懂

我对此也不十分清晰
所以我不支持也不反对
你那所谓的刻骨鄙视

我只担心某一天
你会突然觉察
你所鄙视的正是你自己

没有意识

我在哪里?

公共汽车轧向我
公共汽车上的乘客轧向我
自行车蛮横地骑向我
自行车的主人带着圆润的弧线
骑——向——我

我在哪里?

阳台光线充足
翠绿衬托各色之花
钢筋水泥构筑现代传奇
只是无人品味这如许美丽
仅能炫耀被冷落的孤寂
套间宽敞贮存满足
水龙头和抽水马桶同样响亮

只是我那郊外的平房里
此刻厉风正将纸糊的房顶
刮得呱呱直唤

我在哪里？

那么多那么多的魂灵
黏附在公共汽车自行车阳台
套间水龙头抽水马桶
和那么多那么多并无意义的虚空上
我的魂灵在哪里？

病

语言仿佛也历经过漂白
和墙和床单和蠕动的人的形体
甚至容纳针头针管的器皿
毫无二致
白嫩的手指弹跳着
于我发霉的肚皮
感受那看不见的征候
病历更是苍白得一尘不染
墨黑的横杠粗暴伸展
将我无法辨认的秘密
交付同伙
剩给我的只有刻骨的憎恨
没有他们,也许
我不会沦落如此
走出令人窒息的白色之门
我没有回首
听诊器是什么玩意

关键在我苦痛之前
早有那么多的耳膜业已损伤
我和病历
早就没有了分量

恐　惧

未经任何训练但依然有素
且振振有词的声音
不断从产床高频率地传出
我不禁为之悸动，为什么
将这声音于这地方首次播放
也许有人心怀叵测
可进进出出的白色之躯
看不出任何风向
墙上的计温表也一动不动
不做任何热情或冷漠的提示
一切都不动声色没有破绽
看来大局已定
我只有摸墙而行
在楼梯转弯处
倏然瞥见大门外的那簇绿色
我深感恐惧
沿阶梯上升的幢幢幻影
终于将我重重击倒于地

救护车里的护士

在我黯然失色的眼瞳
你是一具洁白的尸体
没有任何遭受凌辱的痕迹
于无限的沉重中
我为此深感安然

随同疾驶的车身
你在疾驶
我惨淡的目光追逐你
直至四壁泛白的太平世界
你这缓缓飘移的尸体
以碎碎的步移
召唤另一躯体的僵硬
你的心脏你的脉管你的循环系统
行将全线罢工
进入另一世界的边缘
你将瘟疫传递给

静躺白色床单之下的另一尸体
于无声处，一切
都在有条不紊地悄然进行

我不能坐视这些
目光和我都在紧紧跟踪
跟踪你那白色的背影

合　作

披风潇洒地扬起
我感觉充满暖意
皮肤下的河流哗哗作响
想昨日的封冻
确实没有任何道理
漠漠朔风将我之心旌
向你直指
大街酷似精心的布景
漫长的焦距镜头
此刻不知隐匿哪扇窗口
(那些窗口酷似蜂巢的
只只黑色之眼)
但我没有一丝拘谨
因为我的所有动作与表情
都合着你令人感动的旁白
阐释一切
于某一不甚明确的方位

你正操纵我之行踪
无论是否自愿
你之意愿都得强制执行
剩给我的只有摇头
只有无奈地阖上眼帘

当今诗人

鲁迅先生高举着石块
愤怒地盯视着你们
那两撇茂盛的胡子
因为生气而一翘一翘的

如果仅仅是自娱自乐
你们堪称语言的魔术大师
如果仅仅作为一项技术
你们是真正的能工巧匠
可在你们精心制作的
那么多分行建筑里
既见不到野草的挣扎
也听不到呐喊的任何声息

那是由于你们的躯体
患了严重的肌肉萎缩
更缺乏坚强的骨骼

和滚烫的血液
而你们仍在那里沾沾自喜
要当心呵
先生手里的石块
随时都有砸过来的危险

平　庸

椅子静静地托付一具笨重的躯体
如同托付虚无
鲜红的酒液从宽厚的唇间注入
流经喉管肠胃融入血的浑浊
和着虚无一同变质走向消亡

窗外的蟋蟀漫无目的地呻吟
虚无的心和着旋律
划过道道毫无痕迹的曲线
鞋子于床底做着荒诞之梦
被子里积存的温暖不表示任何意义
夜空的月儿不知是圆是缺
合欢树的枝叶从未真切招摇
高低不平的荡笑酷似狼嗥
将无味的满足抛进幽深的垃圾箱
没有任何分量的失去
能使轻飘的魂灵发出彻底的哀鸣

无风的波及也使这虚空的世界
腾起万丈巨澜

时间无声地死亡
虚无的存在本就从未降世

天堂守门人

面对天堂之门
你摸出那块锈迹斑斑的弹片
凭藉浓密月色
摸索锁孔
可天堂之锁毫无动静
天堂之门森严如故
天堂之壁岿然不动
你依然是位孤独无着的旅人

索然无味地回转身子
漫不经心地走向都市的街衢
震耳欲聋的噪音即刻淹没了你
头颅仿佛注满炸药
你恨自己缺少一颗弹头
无法引爆
重又面对天堂之门
收紧锋利的五指

浓密月色纷披如麻
笼罩住你这
天堂守门人

柔　情

——题罗丹雕塑《罗丝·贝莉》

月光般
清凉凉甜丝丝温馨馨
从你深不可测的眼中
那股柔情，深深地
潜入我的心底

草帽上的麦秸秆
多么幸运
时时伴你随你
而我——我
只能遥遥地怀想
玫瑰
玫瑰鲜红的富丽呵
点缀了你全部秀美
点缀了你
摄人魂灵的秘密
因了它

世上的一切都富有生机

秀发披纷

美丽披纷

人类永恒的柔情

——披纷

新　生

——题罗丹雕塑《晨》

一切都未清晰
一切都未开始
那灰蒙蒙的眼
将向谁睁开
——向谁
这里,将流泻出
金灿灿的希望之光
生命之泉

乌发飏动——飏动
那是灰霭的雾
是黎明时阵痛的
惊心动魄的抗争
伟大于分娩中
——降生

淡淡——淡淡的
所有的意蕴都显示出

淡淡的喜悦
没有声响,没有
在舒曼曲的伴奏下
青春的热血沸腾
青春的躁动勃发

少女——
年轻美丽的少女呵
你的象征
包蕴了世上所有新生

苏　醒

——题罗丹雕塑《青铜时代》

耀眼的火光
再也不只是启示热能
那火红的扑索
唤起劳动中苏醒的意志
人——直立着
又翻过一个坎坷

每一块隆起的肌体
全都鼓凸着
标示
不——可——战——胜
人——终于
把生命系于自身

高举的左手
抚摸头颅
抚摸那勃勃生气的思索

所有的不朽
都诞生于那有力的掌下
右手举过肩际
仿佛抒发人类那不可摧折的
信心与虔诚

呵,青铜时代
人——终于
走进青铜般的
坚强的历史
伟——大——苏——醒!

孔　子

疲惫颠簸将你与你之车马
全都饿得精瘦精瘦
于江水匆匆流逝之岸
你那句凄凉的叹喟
走进历朝经典
经你枯瘦如柴之手
诗之春书之秋流上竹简
三千弟子从此都消化不良
鼓胀之腹孳生诸多子孙
子子孙孙繁衍不绝
你之幽魂总也不得安歇
于你极端自制的窒息中
我倒记得你真动情过一次
为那颜回

梵　高

麦田里有只乌鸦
你错看成只鸽子
在对你咕咕咕咕咕地叫
你疯狂地笑起来，笑得
天旋地转混淆南北东西
终至笑掉只耳朵
你捡起来细细地端详一番
又厌烦地扔得远远
扔至野狗腹中之贪婪
终至你整个躯体钻进贪婪之腹
但你也许从未料想
那株植于你心室的向日葵
竟于今日嘈杂的拍卖声中
价码刷新世界纪录

贝　多　芬

透过军刀战马和硝烟
你真正理解了英雄
于乐声激昂的波浪
你伫立成沉重的礁石
心和头颅变得坚硬无比
耳朵无法容纳任何声响
以手的质感
你编造离奇的神话
众多听众沉湎其中
成为簇拥礁石的海潮
轰鸣之涛将你拍击
击倒于艾丽丝甜甜的酥胸
幽香缕缕伴你一觉醒来
你这才晓知——命运

树

这一棵与那一棵
悲哀地对视着
昔日的繁茂哪里去了
眼下都想缩进去　缩进
曾那样急欲拱出的土地
雪粒试图掩盖
这惨不忍睹的怆凉
可风呼啸而过
抖落雪粒轻薄的善良
树们倒一齐莫名其妙地欣喜
几丝幽绿的苔藓
竭力想突出深厚的雪层
为树们增添些许温暖
但树们伙同狂暴的
风　恶狠狠地
左摇右晃

历　　程

受空气的支使
你茫然来到这里
只是什么也没有发现
可路旁的树盯住了你
枝叶垄断了你的瞳孔
自此你告别光明
只能踉踉跄跄地趔趄
树们哈哈大笑
当你发现被愚弄了
便掏出那颗沉重的心
并狠狠地投掷于地
地上即刻平添一棵幼树
幼树抱住了你的大腿
你感到裤裆里痒酥酥的
又难受又舒服
（这滋味你真说不清）
于是你索性站住了
你也成了这里的一棵树

船

只有出发之地
没有归属之点
只有此岸没有彼岸
无根之物,岂有
停息之处所
于某一隐秘所在
你高傲的身躯
融于那最初的融雪
你沉重的负荷
此时(只有此时)
此地(只有此地)
成为水下雕塑
绿苔做为你之节日盛装
和模糊的尸骨一起
你天天过节

江　浪

本没有弧形的汹涌
平平淡淡地前行
使你越发老成
老成得令人难以忍受
月色的沉寂
勾不起历经的空漠
骄阳的炽烈
熔不化源头的神秘
你只凭藉汇集的遒劲
制造你所能波及的
最高限度的震级
苍鹰奈何不得
泪水感化不了
但一切终能何如
想过没有——
你会如此终寝？

桅　杆

因你的出走
作为橡树的你不再兀立
同你共历风雨的众多橡树
不再兀立
支撑你们的高大山岗
仅以高度的递增
标示岁月
而你背叛了最初的誓言
不仅往东你也向西
溯流而上也顺流而下
因了你的旅行
而今依然兀立山岗的繁茂之树
失去价值

航　标　灯

你这心祭的礼品
于喧嚣的癫狂
于静默的沉重
你在意识的草原地带
耸立着什么
众多的诱惑
被你阻止退向悠远
永恒的徒劳
被你牵向深渊
真不知你耸立的
是一尊高耸的丰碑
还是一具饥饿的骷髅

眼 镜 蛇

目光拓展着道路
眼睛投射的警惕
闪耀七彩的光芒
在艰难的自然世界里
你的家族
艰难而兴盛地繁衍

不屈的顽强
使你高昂的头颅
昭示永恒的美丽
因为美丽
你放倒生命
生命崩坍的声音
轰轰隆隆
在彻底的喧腾里
你领悟深刻的安抚
你的存在

驱逐另一生灵的存在
生与死的角逐
一次又一次地
证明你的伟大神奇
你呼吸的气浪
给你家族的史册
喷吐辉煌

盘曲坟茔之上
你成为精神巨人
俯视一切
毁灭一切
你抛掷死亡的流星
在破坏与求生的峡谷
你汹涌起恐怖的狂波巨澜
所有的心灵
都在接受圣洁的洗礼
以虔诚向你膜拜

饥饿的狼

饥饿。

幽绿的苔藓
诱惑你
诱惑你昔日的利爪
但你的痕迹
再也不会烙于其上

火红的狐尾
于灌木丛里
向你招摇
挑逗你失却的威仪
你再也不会想到
你今天的孱弱
会将你世代耸立的尊严
彻底埋葬于脚底

你蛰伏着
蛰伏于深涧般的悲苦

如同那深深的峡谷
巨大的压迫沉重降落
你干瘪的腹下
大地的律动
召唤你再次复生于森林

森林。
你想起那美丽的少年
他新鲜的血液
仿佛还沾在你的喉管
仍没有滑进
你那永远填不满的穹隆
你想起那柔顺的羊羔
（你突然发现你没有兄弟）
是多么可爱的小弟呀
但它的骨髓
都已历经你的肠胃
融入你的躯体
伴随你所有灾难

饥饿沉淀了你
也沉淀了一切
晚了！

狂啸之鹰

东方。这块生长青铜之地
于你的翅下
兜售你失落的无数晨昏
勾勒你因日照
而赫然行进的姿影
你翎羽的灰蒙
以玄而又玄的无声咒语
拼凑无从组合的桃符
鼓荡岁月之风
招展破碎魃黑的旗旌

俯视只只生锈的瞳孔
你感觉不到季节的飘移
无论失眠之夜
无论昏噩之昼
你的胸腔窒息无边的压抑
在树之躯干上

你剥落风霜雨雪的残片
描绘使众多生灵
不知所措的甲骨图案
于血液的河道
你关闭通畅的闸门
体验虚空而美丽的死亡
但天性终使你
回复喧噪无羁的本体

于是你撕扯开高亢之喉
于空阔无垠之境
于没有世纪之计时
窥视这块生长青铜之地
窥视那只只着锈的瞳孔

野　狗

主人死了
但你没能跟着去
不过此刻不要紧
这条街道现在全都属于你
只有你有头颅有心脏有需求
特别强烈的睾丸和使异性
又痛苦又快慰的那玩意儿呵
于是你变得伟岸起来
爬住电线杆
你装饰过世了的主人,你
站——起——来
前腿作手抓牢风
尾巴劲立且尾毛招摇为风抖索威仪
再使出吃娘奶之底力
狠命地吠上几声
和这深深的凉意死命抗衡
向所有的酣睡者出示不平

黑 蝴 蝶

走,黑蝴蝶驮着黑色的影子走
风托着蝶,蝶驾御风
风的白色粗粝之唇
轻吻蝶唇之黝黑
黄菊望着我
我嗅菊之幽香
幽香笼罩
身着黑色长衫之庄周
庄周在梦游

——电吉他忽地响亮
警醒是我
在做瞬间神游

进　程

现在,只有绝望
狼圆瞪哀恨之眼
瞳孔　放射发自心底的
沉重悲寂——
这就是昨天还能恣意横行的
母亲胎血濡湿的土地?
(狗崽们团团围住衰竭于地的狼
虽怀揣怦然直跳的胆怯
但条条粉红的舌头
都涎出了耀眼的贪婪)
人类的强硬与施舍
喂养了你们的驯服
对更真切地承继了祖先的我
变种的你们竟表现出
骨髓里仅存的那点残忍
——狼悲且愤地无声咒骂
只是一切都将结束
狼将彻底平静
平静地成为狗崽们的粪便

超然之猩

你无视这一切。无视
你另一部分同类
拿起石块擎起木棒守护火种
走出森林走向平原的脚印
你藉墨黑墨黑的石壁为石镜
照耀你墨黑墨黑的形象
在意识完美的升华中你得以自娱自慰
食物的滴滴血腥使你的魂灵滚烫
于太阳与影子的宽阔空间
你找到最为理想的支点
依据森林所暗喻的永恒法则
你用树枝敲击命运
敲击你一代接一代的开始与结局
白骨耸立之岸岁月滴泪之河
你构筑牙齿的洁白之柱
演绎没有记忆没有名字的化石
无所谓希望亦无所谓失望的漆黑瞳孔

永远闪烁生命的光彩
黄金与石头毫无差异的投掷
使你和许多的你从来亲密永远亲密
于篱笆的背后
你茫然那对天天吵架的夫妻

狼之独白

苦难如陨石般普降大地
森林之火如海之波涛
在一次次痛苦与生命的抗衡中
我的心演化成坚硬的黑色岩石

伫立山坡,悠然远眺
那失却爱子爱女的年轻的女人们
她们的泪滴洗刷去我之悲凉
她们的哀啼使我充满舒心的慰藉
肝脏。大腿。头颅。臂膀……
血和肉喂养了我之疯狂
我柔软的毛发闪现扑朔的辉光
微风过处发出树叶般的鸣响
在我利齿清脆的伴奏下
升华成美妙动听的交响乐章
我以反抗灾难的沉重砝码
掷向制造灾难的另一天平

以敏锐的嗅觉和空前的残忍
我捕捉一切发泄的对象
在胜利的旗旌下
我满足肚皮无以充实的欲望
我想,有一天我可能
也会葬身异类或同类尖利的齿下
但我之子孙将永不断绝
以加倍的仇恨和更为浓烈的恐怖
敌手,将被彻底征服!

自我死亡同时制造死亡
在生与死的边缘
主宰一些又被一些主宰
但我之血液永远流曳杀机和蛮横
向着天空的迷蒙大地的苍茫
我频频投掷无以穷尽的灾难

江　豚

江水不能切断你的喉咙
沿着你从未认定的视线
你随同江水
进行无期的漫游
缓缓蠕动之腮
感触变化不定的温差
你的形象
隐匿于峰叠之间
在人们不可企及的境界
你的形态
永远成为人们的想象
漫游于江的同时
又汹涌血液之河
于你的躯体

第二辑 生命之河

难怪子在川上曰
逝者如斯夫
我质朴之手蠢蠢欲动
温和多雨之心情意绵绵
凭藉天使的翅膀
我为生命祝福
为陆地上和海洋中的所有生灵
祈祷光明吉祥幸福与和平
这是我永恒的心境
是我之所以生之所以死的唯一缘由
为此我甘愿舍弃一切

生　命

生命站在厄岩站在雪峰站在高高的脚手架
鹰隼期待坠落时那一声巨响
而生命却永远微笑永远呼吸　永远年轻　永远生存
痛苦从岩层深处发出胆寒的狰狞胆寒的绝望
而生命却从未倒下从未退却　从未绝迹　从未泯灭
生命的背影以夕阳为屏幕显示尊严
生命泌出令人眩晕的色素　令人眩晕的激情
赤橙黄绿青蓝紫如七彩魔方使生命呈现缤纷七彩

小径响起生命永恒洪亮的跫音
生命艰难地登攀不屈的阶梯不屈的峰峦
星光隐没的夜晚生命没有迷失方向
当晨曦在东方展现曙色生命昭示希望　昭示生气
银杏菩提在遥遥地祈祷遥遥地祝福
玉兰树的素洁启发生命一代又一代庄严地繁衍
生命与生命组合起一个个陌生而紧密的急切
缠绵的生命萌生下一个生命的缠绵

古老土地生长生命的古老
浑黄的江水流走生命的悠远流来生命的新生
古老土地的椰林白桦覆盖生命的演变
凤凰花的火红达子香的浓烈将生命包裹
而生命在南方在北方将同一主题歌唱
生命没有年龄没有区域没有种族没有性别没有季节
桃花汛雪野六角花瓣同样将生命孕育
生命显现在男子汉的粗犷强悍女子的柔情似水

生命生命　悠远而清新的生命生命
大踏步甩开膀臂走在乡野走在都市宽敞的大道
戈壁滩大沙漠古栈道骆驼峰上生命颠颠簸簸
汪洋大海浩瀚江湖涓涓细流生命运载摇摇晃晃
生命布满宇宙布满空间布满意识
生命开拓荒芜　开拓野蛮　开拓没有风化的人迹
生命无孔不入　生命追寻每一细小的缝隙
世界不朽生命不朽世界永恒生命永恒
世界因生命而不朽而永恒而千年万载地辉煌

生命的河流

嫩芽于黝黑泥土悄然而动
重复着已重复过无数次的姿态
这是一种启示
我的体内,因之
涌动一股若明若暗的暖流
岁月是忍辱负重的弯弓
频频射出的一枝枝箭矢
正中历史的心脏
不知疲倦滴落的
是五彩纷呈的春之花
静谧安然的夏之莲
饱满红艳的秋之实,以及
潇洒飘逸的冬雪
一条无以穷尽的河流
流经古代近代现代和当代
横贯都市村庄山野和平原
难怪子在川上曰

逝者如斯夫
我质朴之手蠢蠢欲动
温和多雨之心情意绵绵
凭藉天使的翅膀
我为生命祝福
为陆地上和海洋中的所有生灵
祈祷光明吉祥幸福与和平
这是我永恒的心境
是我之所以生之所以死的唯一缘由
为此我甘愿舍弃一切

生命幻想曲

太阳无情地
烘烤着巨大的冰山
冰山镇静得出奇
只是额头上沁出的点点汗珠
渐渐汇集成一泓清泉
溶进广瀚的大漠
注入黄色的久久的寂寞
于是便有了那片绿洲
一片希望的领地
明天，当驼铃从它身上滚过
几滴翠绿会挤进高耸的驼峰
伴随沉重的脚步把前程开拓
牵驼人会拽几茎小草
贪婪地啜饮沁心的湿润
他寂静淡蓝的心海里
会悠远划过一声生命的唿哨……

话说英雄

他们的血色浪花
拍打无以穷尽的愿望岛屿
年年岁岁从未间歇
永不风化的精神
成为顽强的籽粒
落地生根

但另一群勇士
那些灵魂的水手
那些默然泛舟静寂湖面
抑或哀伤泣立疲惫峰峦
凄然倾听温馨回音的单形只影
往往于多雾的晨曦与暮霭
封冻于漠然的视野
沉沦于冰冷的晶棺
他们无言的搏击
掩埋进沙砾的深厚

连同无形的病痛
定格于淡泊无奇的墓园

你能说，香烟的愤怒
和不眠的悠长思绪
不是一根粗重的绞索么
你能说，紧咬被之一角
强忍涌泉的潮汐
不是一份伟岸的人格么

我分明看见千万头雄狮
面对渐凉的夕阳
向原野尽头狂奔而去
在高歌成功的英雄之时
让我们向那些勇士
那些正经历着苦难
经历着落寞甚至失败的人们
真诚地祝福——
“好人一生平安！”

英雄交响曲

——敬献人民英雄纪念碑

沐浴瀑布般的阳光
你不是一尊石头,而是
一具有血有肉的躯体
你鼓凸的血管
汹涌铁与钙的洪流
殷红之血点燃一个时代
你清澈的明眸
倾诉意志和信念的坚硬
闪射诚实而淳朴的辉光
为现实镀一层沉甸的亮色
你的温情之手
拽住片片飘逸的白云
擦抹朴素的生活
挥动和平的飘带
你曾是位农夫
踯躅这块失血过多的大地
走过田塍撩起一阵风
拂动麦芒的成熟之波

尖锐而深刻
你的手中长矛劲舞大刀翻飞
收获庄稼般地切割敌人的头颅
悲怆而强悍
锄头、犁耙、镰刀、蓑衣和草帽
坚守家园的温暖
你曾是位炉前工
熊熊燃烧的炉膛前
大吼一曲感情充沛的歌谣
一曲钢与铁的歌谣
冶炼石头
于铁锤和铁砧之间
铸造仇恨的锋利
锻打赤胆忠心
以枪栓和撞针的砰然之声
展现磨亮的爱情忧伤的壮丽
证实生命的铁骨铮铮
你倔强的躯体
和茁壮疯长的青春活力
抵挡苍凉的寒冷
金色铜号吹到哪里
旗帜就飘到哪里

你就冲锋在哪里
你浓重的赣南方言
混和着信天游的黄土气息
以及华夏民族诸种方言的独有韵味
在烟雾缭绕的阵地
雷声般轰然作响
直达裸露的山岩
浑然震彻山谷
尖啸的子弹扯破你的衣襟
生命之钟戛然而止
你倒伏在城墙旁
在壕堑的泥土里
在林海深处
你身上生长出翠绿的草叶
散发暖烘烘的气息
坚守炊烟和仓廪
保卫扇扇虚掩的柴门
和贫穷阶级憨厚而质朴的真理
一株桃红和另一株桃红
在硝烟弥漫的背景
在金戈铁马腾飞的赭红烟尘里
显示生命的高贵

你宽广的前额
镂刻风雨的年轮
滴落农夫和炉前工的汗粒
殷殷的涩涩的甜甜的
滋润脚下这块摇曳多姿的土地
玉米棒、朝天椒和小红枣
晾晒于老家的屋檐
你却无法欣赏这渴慕已久的
无与伦比的美丽
面对你挺立的矫健姿态
你之精神迸发的星子
你巨大的历史剪影
人们不知以何种方式
表述崇敬
一束鲜花或一樽美酒
抑或一首苍白无力的赞美诗
显然都毫无生气缺乏深度
只有草鞋绑腿和泛白的背包
以及你粗重的喘息
仍在昭示那个遥远的年代
长江黄河日夜不停地演习
你当年撼人心魄的呐喊和变化莫测的战术

汇集你湍流奔泻的气概
伴着芨芨草的轻轻诉说
和太阳雨的无限恋情
真诚地演奏那首关于你的
英雄交响曲

真该去看看那些石头

报载，黄花岗七十二烈士中的张碧村“烈士”当年脚中两弹翻墙脱险生还，至今身板硬朗，现年106岁，住在台北……

辛亥年。您
和您的七十一位战友
在这血汗蒸腾摇曳多姿的土地
在那些散落的石头上
种下一片注定
要流浪要茁壮疯长的麦子
历经风的吹拂雨的滋润
那朴实之麦蔓延到
江西一个被称为井冈山的地方
并从此出发
突破黑暗的重围
两万五千里路
成为一条举世闻名的飘带
自北向南，麦的幽香

终于铺天盖地漫散整个中国
那成熟的光泽
升向高空
幻化为五颗璨然之星
于您,和您七十一位战友
以及你们无数的后来者
沸沸扬扬的红色血海
闪射金色光芒
纯粹而肃穆

而您,因那湾苦涩之水
在海峡那端
在存在之外
竟默默做了那么多年“烈士”

当年那些散落的石头
被人称为“雨花石”的石头
安详于太阳下的石头
极富灵性
它们抒情的歌声
一遍又一遍
夜夜呜咽于古城的上空

沉重而温暖,浸润
地下卓绝的胆识破裂的血管
年年岁岁
将那殷红之血
饱吸胸间
于东方大地,展现
磨亮的爱情忧伤的悲壮
证实生命的铁骨铮铮
和麦的艰难履历
延续昨天今天和明天
这无以穷尽的绿色的日子
这盛满鸟声的和平的日子
使每一位丈夫
在四壁生辉的居室
感受家的温馨
使每一个孩子
从母亲微笑的鱼尾纹
读到国的蕴意
使田野的荒芜
从冬天走向春天
遍植苦菜花的素雅
和山楂树爽心悦目的鲜明

那以麦发酵为酒的晶莹汗液
满含酸甜与苦辣
从各色器皿涓涓而出
高举于无数双纯洁之手
告慰另一世界不朽的生命
深入无数灵魂

我说,您
和您骨头里的伤口
真该去看看那些石头
它们的灵性之光
将映照当年子弹的尖啸
点燃您蛰伏已久的激情
石头遮蔽下的泥土
深植英雄之根系
高耸顶天立地八面威风的神采
崇高如山岳
气派似湖海
永留一幅令人震颤的剪影
光耀古中华千千万万的
黑色瞳仁

第一个使者

这是一个荒芜的小岛
一块从未耕耘的土地
丛生的杂草里
隐藏着神秘的鸥蛋
放眼海涛，我猜想
那公主般美丽的
紫色的海星星
可能正想爬过红珊瑚
跳一个不知名的圆舞

作为第一个使者
我来了
我感到骄傲
但我也不想
做一个浪漫的鲁滨逊
我更不愿
再写另一部漂流记……

纤　　夫

漫长的岁月和纤道
以及隆起的三头肌所表示的不屈的力量
这深沉的三部曲
构成了我们生活最辉煌的乐章
纤索
绷得吱吱作响的信念
联结起历史和未来
联结起一步一个脚印的岸滩上的跋涉者们

逆流
天生是我们生长的土壤
是我们希望所在的地方
有激流
就会有我们
有我们庄严的编年史
褴褛的服饰和向前的腰身
成为我们不朽的身份证

表明我们的粗犷、勇猛与豪放
和我们具有特殊素质的坚忍的力量
装配太阳奖掖给我们肤色
所显示的紫铜的骄傲

不是雕塑
我们磅礴的气势不是供人欣赏
我们中间从没有一个人奢望享受
我们所有的伙伴
都只知道将纤索
稳稳地套上长满厚茧的肩膀
做出老牛和骆驼般的姿势
步调一致
艰难而豪迈地
向前——
向前

鲁迅的手

本来,你那双手
是拿手术刀的
在东瀛岛国,你
学得一套纯熟的刀法
但踏上你欲为之效力的土地
你察觉种种病情
非手术刀所能医治
于是你丢开锃亮的刀子
换上另一种工具
这是一种很普通的工具
你以扎实的功底
为阿Q祥林嫂和千千万万人
做过数不清的手术
通过你灵巧的双手
无数病人
站立起来并开始行走
正是你的那双手,招引来

一管黑洞洞的枪口
枪口和准星始终与你成一条直线
你知道那双瞄准的眼睛
为你的医术所不能治愈
故而你端立许久
高扬头颅
直至生命的最后一刻
你将工具全力掷向
那双病变的眼

如今许多人也都拥有
你曾使用过的工具
只是功底太浅
他们的双手,缺乏
韧性和力度

江　姐

许多人并不知道你真实的名字
但都唤你江姐
如我这辈
你当是祖辈上的人了
我们仍唤你江姐

你常使我在许多时候许多地方
想起你
想起国徽的图案想起你秀发的芬芳
母亲用柔柔的乡音唤我的乳名
我想那就是你的声音
渗着你深深的挚爱
于车流人流汹涌的街衢
我抬眼凝视高耸的钟楼
我想那大钟就是你的眼睛
人们从你那眸子里
得到昭示得到激励

这街道乃是你的血管
我们都是你的红血球白血球
涓涓流动着向东向西向南向北
流经你的心脏
你一次又一次的脉搏
搏出我们的昨天今天和明天
我想我们就生活在你的身躯
我想你就是这样无处不在无时不在

更多的时候我还是想到红岩
那多雾的山城我从未到过
但我知道你在黎明前夕
就在山城浓浓的雾中
立成了一棵树
一棵令我令无数后来者
深深怀念的常青树
无论凄风无论苦雨无论霜雪
这棵树始终伫立着
在人们心中翠绿着
多雾的山城在你的光耀下
呈现旗的血红星的炽亮
你是这座被诗被绸罩着的山城

最壮美的诗行最富丽的锦缎
我们的先辈和我们和我们的后辈
在心灵的家园在深深的怀念中
都将永永远远深情地唤你
用这世上最真实的声音
江姐江姐江姐

回 延 安

那人在延安留下许多传奇
他亲手纺纱的事情尤为动人
那人后来成了共和国的第一任总理
二十八年后他回了趟延安
目睹这块渗透烈士鲜血的土地
仍只茂盛着贫瘠
只因衣衫破旧
当年曾对坐炕头的老相识
许多未得见面
他负疚地流泪了
人说男儿有泪不轻弹
何况他是那样一个伟人
那泪水也羞答答的
多年过后才流进字里行间
流进许许多多中国人的心里
当年住在他窑洞侧房的
一个十来岁的小男孩

后来也成了共和国的总理
四十五年后他也回了趟延安
看到土地上金色的小麦和玉米
以及曾哺育过他的红高粱
挤满粮囤
面对满桌的红枣苹果和瓜子
他意味深长地笑了
一边脸颊挂着满足
另一边带着咸涩的歉意

谒明皇陵

一个无家可归的和尚
四处觅食化缘
居然化得一顶皇冠
化得天下人顶礼膜拜
于是便有了皇陵
有了皇陵墓皇陵碑皇陵卫
当年曾与和尚同居一乡的村民
只得朝为轿夫暮为灯夫
日中为杠夫
即便皇父皇母下葬时
破衣遮体浮掩三尺
无法辨清葬地的确切方位
并不影响神道石刻的庄严
文官儒雅武将威风
显现皇家的文才武略
只有那双腿跪地的石羊
仍在演习当年和尚
对跪乳之恩的一腔谢忱
我谒皇陵,只叹息
自挂煤山槐枝的那个和尚后裔

黄昏里的教堂

灰色的暮霭
萦绕教堂的尖顶
那颗沉重的心
连同象征圣洁的肉体
痛苦地钉在十字架上

只是,橘黄的路灯
照着的只有匆匆而过的脚步
人们清亮的眸子
对这异国样式的建筑
只是出于历史的欣赏
没有哪一双脚跨进去
顶礼膜拜已成为历史
人们胸中
藏有一颗活泼泼的心脏
上面站着一座高大的塑像
是的,造神者
和所造的神灵

都经不起风蚀雨淋
随轰然的电闪
全被化为废墟
废墟上
站立起人民
人民
矗立起直指蓝天的纪念碑
纪念人民自己

色　彩

——致一位画家

红、黄、蓝
这生动的三原色
如同魔杖
幻化令人炫目的七彩

在你的调色板上
缤纷的思绪
和神奇的手一起
描述一个个激动人心的灵魂
而岁月又将你作为剪影
作为历史的浮雕
构思另一部作品
——你是主体
但你从未意识

诗人说你是一首诗
你的诗行涂满色彩
如同你身上色彩的斑斓
色彩中
你涂抹你彩色的人生

牧 羊 人

——赠诗友

云一般涌着
那咆哮的羊群
那群滴着鲜血的春天的小燕
站在高原站在沼泽地
你昭示孤独
你长长的牧鞭放牧忧伤
放牧痛苦

然而真正孤独的不是你
而是可怜的鲁滨逊
他破烂袖筒里的那只蚂蚁
不堪饥饿已经死去
即使如此那座横亘的独木桥
已把孤独的岛和泛着银白的海滩连起
走过羊群走过小燕走过我和你
我们一起到岛上去拓荒
又是放牧的季节我为你远行悲伤

分别可能使我落泪
但仍不能打动你这孤独者
你是一个可憎的流浪汉
总有一天你会想起
想起我男子汉如雨的刷刷的泪

南方有个小镇
小镇里有位美丽而孤独的江南少女
在故乡的山岗你们曾有那样一场相会
不为她知不为你知不为我知不为人知
但这都是自欺欺人你我心里都很明白
羊群仍在小燕仍在少女仍在
总有一天你笑我笑少女也甜甜地笑

你要走了我不会为你送行
仅赠这首小诗伴你跋涉
唱支《牧羊曲》带着这首小诗你去到远方
只求你别忘了一件东西
就是那条母亲河——母亲河——
那条你我心中的河

生命的撞击

——赠李小雨

是你掉进南海的那只青椰子
溅湿南方校园
那片浅蓝的深空
那一百片绿色的月光
挑逗起一个南方少年
向往大海的遥远之梦
在这样的夜晚
我不能不满怀深情地怀想
当我艰难地越过沙滩
走向北方那座古城
走向那深邃湛蓝之海
在夜丁香的浓郁中
我真正体味到了
礁岩的伟岸
于长城古老的躯体旁
我认真地咀嚼顽强
古旧与生气的夹缝

生长生命的鲜亮与空灵
是生命与生命的撞击
才有这些许辉煌的火花

是你的那只青椰子陪我上路
隔着那厚厚的岸
我时时听到海的翻卷
使我在这样的夜晚
不能不满怀深情地念想

我等待，那片红帆

——读格林《红帆》

我是一个男子
我以女子的痴情
等待，等待那片红帆……

每天。每天
我站在海滩
（海浪呵，那是你日夜书写的光辉的杰作呵）
太阳，成为头顶高挂的
鲜红的重音符号
我以激越的音响
召唤。召唤那片红帆
我幻想，在那
白色的甲板上，一个个
黝黑黝黑的水手
会赤裸地躺着（横七竖八）
大海和天宇的空阔，炼就
他们金刚石般的胆略

即使张着血盆大口的鲨鱼
也不能使他们
心跳加快
大海碗大海碗的烈性酒
滋润了他们的钢筋铁骨
(醉了,便在迷蒙中
舒展他们难得的静谧的梦)
而那高高耸立的白色桅杆
和桅杆支撑起的
那大红大红的风帆
风帆下站满传奇的年轻的船长
是我的期待。我的期待……

故乡的麦地

——悼海子

你我同是一个故乡
你我两家的麦地
没有什么两样
但你我却选择了迥然不同的
两种生存方式

你向隆隆的列车挺进
你的肉体
被巨大的车轮深吻
在一种仪式尚未完成之际
你完成了自己
连同你一瞬间的灵气
而我无法向列车走去
在飞驰的列车后头
我小心翼翼地踯躅而行
这是一种普遍的模式
但这一过程

并不比你那决然的选择
来得轻松

此时我听到故乡麦地里
麦秆拔节的声响
那是对你也是对我
一种特殊的奠祭
你在那边我在这边
对这种不同寻常的声响
都不约而同地回报以
相同的微笑
只是我并不以为这就是默契

老乡,生命是宝贵的

在故乡的方言之外
海子听出了别的意味
老乡,生命是宝贵的

故乡的麦地泛滥金黄
稻粒饱满
是麦子和稻粒和水给你生命
你的生命来源于土地
土地要你好好珍惜
其实你不是最后一个美男子
你无力偿还土地的情义
故乡的河水仍在静静地流淌
你熟悉的那条小黄狗
整天都在东嗅西嗅
你妈又坐在门前矮凳子上想你
你弟还在侧耳细听你的诗歌
而你却去了

走得匆忙而从容
你受伤的头发仍在迎风飘扬
野花的琴潮湿的石头饥渴的酒杯
都空落落的

海子,我的老乡我的兄弟
我不会学你
我要有滋有味地活着
活得有个人样

致一位台湾歌者

你放歌你追忆你呼唤
你用散发故土气息的诗行
重温往昔温馨的景象——
村头那棵枝繁叶茂的银杏树
银杏下站立的慈母望眼欲穿

你放歌你欣喜你渴望
你用鼓胀着热情的诗行
构造那一个令人兴奋的童话——
岸的距离并不在长并不在长
焦灼的想念终于化为一座桥梁

一位和你当年一样年轻的歌者
正应和着你的歌声倾诉衷肠
他相信有一天在故乡的山道口
他会拿着他的诗集和你拥抱在一起
集子里有欢欣有沉思有友谊有爱情
其中还有写给你的这短短的诗章

述　梦

有一搭没一搭地说,说
这是因为你已说得太多

你总是向我述梦
无非是在夜的尽头
你被两个不明身份者挟持
失足跌进了黑洞
然后是一声大叫翻身而起
惊出一身冷汗

照例我也是有一搭没一搭地同你说
别让神经绷得太紧
放松,要放松
但过不了一会你仍将重复
述说梦境述说你的不安

真不知怎样安慰你
因为我也有梦的恐慌

不论雨天晴天白昼黑夜
于意识的底层，我猜想
是不是房子太老住得太久
但我梦中那条散发腐臭的鱼呢
那只眼中闪射两束红光的猫呢
还有我那颗滴血的头颅
这些都让我十分惧怕

对于你的述说我佯作漫不经心
更不敢说我心如你
只能于每夜每夜
把门和窗紧了又紧
用棉被深深蒙住头

只祈求上苍赐我一个宁静的夜
还有你不再向我述说
至少是你我能互换一下角色
我来述梦
你当听众

磨　难

初时,你像一排排黑浪
汹涌死亡的泡沫
我仿佛看见一只只鹰隼
正俯冲而下
啄食我尚留余热的尸体
灵魂也化为一缕轻烟

这只是一种臆想
其实我仍牙痛着心跳着新陈代谢着
于深深的自责和痛心疾首中
忽想起那句关于生与死的警语

我惊讶地发现
太阳仍高悬于天幕
底色仍那样亲切地蓝
小河之水如同我仍流动的血液

故而备受鼓舞

长吐一口忧郁
两行咸涩涌出眼睑
真实地看见你仓皇逃走的脚步

关于桃子

领袖曾详尽地论证过
该由谁摘桃子
后来事态的进程
专为他的结论做了注脚

今天我也看见了桃子
在农贸市场
两筐熟透了的桃子
红得深刻而动人
面对小贩面前横陈的
秤杆和秤砣
以及那张满是褶皱的脸
除了想买几只尝尝
再也无法想到别的什么

领袖真伟大
许多话都被他说透了

致使许多人在许多时候
无法说出更高级的话来
不光是关于桃子

写作是美丽的

写作，一种生存和生活方式

最初记忆的天空
没有任何启示或暗示
只有一道不可企及的彩虹
一只没有桨没有帆的小木船
飘摇在黑漆之海
弥漫的就不仅仅是孤独
只是突然而至的一场透雨
淹没了海的辽阔
赠予我岸

在白昼与夜晚的边缘
捡拾岁月的蛛丝马迹
每每于方格稿纸的开头处
不假思索地写下“本报讯”
按照马克思和恩格斯商定的分配原则
领取工资奖金和福利

换得妻子的柴米油盐酱醋
和女儿的学费及花衣

而生命能拥有的远不止这些
徘徊在时间的河岸
激情修长纤细之手
总爱伸往心灵最隐秘而敏感的部位
让人怀念家乡炊烟的疲惫
冷眼膨胀的都市
吞没一畦畦菜地一块块稻田
于心潮跌宕的波峰
我把微笑和泪水
分行排列为诗歌
而把疾迅的思索揉成皱巴巴的一团
编辑它的哥们谓之为散文
只有将这一切折叠成一个个平常的日子
才能称得上真正的生活

阳光扫描着思维的底层
道路永远不会消逝
生命的触角不断深入着自身
生存而生活着是美丽的

雪地里的贝多芬

纷纷扬扬
一曲无声的交响乐
弥塞空阔的天宇
广袤的大地
在寒冷的苍茫中
默默地沉睡

怀着真挚的虔诚
和未泯的童心
少男少女用世上少有的洁白
塑起他们心中
那个不朽的伟人的头像
起伏翻卷的头发
如白色的火炬
把雪地里的所有热情点燃
宽大平阔的额际
如一片沉静的土地

掩埋起岩浆般汹涌的激情
两片厚重的嘴唇
仿佛还留有
艾丽丝那炽热的吻痕
这伟人刻骨铭心的爱呵
在今天的雪地里
在这异国的土地上
又一次复生

呵,贝多芬
你无声的撼人的旋律
每一个音符
都弹拨雪野的冷寂
弹拨出和这冷寂
毫不相称的火热的恋情

小男孩与稻草人

偌大世界
还需些什么
已有那么多先哲
创造了难以数计的精巧
——小男孩想

他心里总觉得
自己应该有所创造
于是，一束稻草
就耸起于荒无人迹的旷野
一个翩然的稻草人
充实了这寂寥的空旷
他给稻草人的头顶
戴上爸爸的旧草帽

倏然，一阵莫名的狂风
自远而近

卷起稻草人
卷起一个少年精心的杰作
少年理不清缤纷的思绪
只得以稚嫩的晶莹
为稻草人送行
一束阳光频送温情
百叶窗孔给少年一抹清醒
抛却沉睡
少年这才知晓原是个梦

夏日海滩

远离了喧闹远离了隔膜
少女，和微风般轻悠的思绪
在这里栖息

海滩是一床舒适的垫毯呢
阳光的洗浣，使它
素洁并充满柔柔的缠绵
将脚轻轻伸进细细的沙粒
用手托起头颅蕴含的深邃
覆盖黝黑睫毛的只有蓝天
（那几朵逍遥的蘑菇云也游弋成淡淡的恬静）

夏天真美好呢
这个季节解放了所有窒息
沉闷是放出篾笼的鸽子呵
扑棱棱飞临空旷的原野
（原野回荡自由平和的飘带呀）

干吗老是龟缩在散发霉臭的黑屋
空阔多么好祖露多么好呵

海滩栖息着一个世界
（一个鲜嫩而独立的世界呵）

仿佛突然受到某种启迪
少女腾地跃起
（青春毕竟属于饱胀激情的年岁呵）
力的诱惑太强烈太强烈了呀
两条匀称而平行的优美曲线
疾风般旋过海滩驶向大海
驶——向——大——海！

都市写生

这里是都市
是乡村的海洋环绕的
当今时代摩登的岛屿

高耸如林木的烟囱
将股股黑色的烟柱
纷纷扬扬升向高空
又纷纷扬扬地洒落
落在街道落在花圃落在阳台
下水道哗哗直响
污浊之水流向小河流向大江
环保局报纸电台电视台
齐声呼吁消除污染
地球村的居民痛感其害

从废墟从旷野高楼拔地而起
但仍包容不了急剧膨胀的都市

交警红白相间的指挥棒
疏通队队卡车轿车摩托车
和叮叮当当的自行车流
斑马线一味标示时间的匆匆
上下班的人潮浪花飞溅
百褶裙如同手风琴
演奏都市炎热的夏之乐章
太阳帽太阳伞遮挡阳光
都市的夏天大汗淋漓

流行色似海之潮汐
汹涌澎湃跌宕起伏
赤橙黄绿青蓝紫从都市出发
奔向原野奔向广阔世界
时髦服装高档家具进口家电
流行歌曲鲜亮发型最新影片
在这里最先掀起高潮
泛起一圈圈涟漪波及城外

都市的所有恬淡所有舒松
全都汇集在城中园林
少女清香阵阵散发青春气息

少男气宇轩昂显示精力充沛
靓男靓女们拥肩搀臂
如入无人之境
池中睡莲摇曳昭示美丽
喷泉时隐时现阳光的七彩
这里的一切都与乡野迥然相异

这里是都市
是一个五彩纷呈的大杂烩
是当今时代摩登之显示器

市长电话

我用食指
将这座江城许多人
都已熟稔的那串阿拉伯数字
通读一遍
那端，即刻传来
一声陌生而亲切的问候
——“你好”

我只是这座江滨古城
一个匆匆的过客
没有任何忧烦或迫切
需要这串阿拉伯数字
但当天报载的一则消息
诱发了我的冲动
仿佛只为这声
陌生而亲切的问候
我用麻木迟钝已久的食指

急急地从头至尾通读了它
且以十倍的亲切回报以
——“你好,谢谢”
然后,我默默地放下电话

这全过程只用了几十秒钟
但我的食指
自此变得异常灵巧
如我一般默然的话机
也陡然显得鲜亮无比
在中国一九九一年的春天
在一座江滨古城美丽的春夜
一次最为简短的通话
使我彻夜难眠

有灯和无灯的时候

从灯下走向室外
你会一时辨不清路
从朦胧的室外
进入灯的炽亮
你又感到光线刺眼
并倍感夏天的燥热
于是你走向电扇
于是你慢慢趋向平静
终至定下心来看看书
或逗逗孩子
或干些别的什么
此时你或许会
贪恋起夏夜室外的清凉
但你再也不愿走出去
你不愿再次面临
有灯和无灯的选择

面对人流

面对人流
我感觉有股股热浪
直扑我的面颊
烤炽我的双唇
我的鼻尖
直至点燃我的须发
这人的潮流
和这潮流派生的支流
涌向商场
涌向影院
涌向公园
涌向那幢幢蜂箱般的楼房
将整个都市
都烤炽得热气腾腾
天空因这巨大的热流
业已倾斜
太阳那巨大的铜盘

因之失色
面对人流
我如一叶孤独之帆
俯瞰这热气蒸腾之海
何处是岸
想那微风轻拂的棕榈
你的恬淡
再也无从显示
月光下的海滩
你迷人的幽静
再也无可寻觅
只求一块抛锚之地
(哪怕是小小的一块呀)
停泊我的焦灼我的忧虑
让我高挂头顶的桅灯
照亮前方的道路
使我的明天
不再孤独

面对人流
透过蒸腾的热浪
我仿佛看见

那些呻吟的眼泪
颤栗的心脏
流血的伤口
我多么希望
这本是最富生机的河流
有一条通畅的河床
使每一朵浪花
都变成一束鲜花
一束阳光
我每日都能
为这束束鲜花和阳光
写一首甜美之诗
使每一个日子
都成为这条河流的每一成员
共同的节日

平凡之灯

我说　别那样看我
我从不习惯瞩望的目光
我只是一盏平凡之灯
只能以生命　灼出
一方窟窿一方透气的窗口
当黎明降临我又将归于沉寂

于雨夜潮湿的压抑
我曾昏昏欲睡
听任罪恶在身边泛滥
并汹涌成狂波巨澜　一阵
迎头飓风辗过躯体
我被吞没于淅沥雨幕
总期求江南夏夜宁静的流萤
拂去鸦声掀起的凄厉
不使那沉重鼾声的甜香
戛然而止于我的身旁

但惊梦还是常常侵扰安谧
为此　我之心绪
总是紧缠苦涩的藤蔓

于是我仍要说　我是
一盏平凡之灯
当你跋涉在崎岖的山道
请为我罩上清晰的玻璃
我仅有的那线光亮　会
伴——你——远——行

太阳的白天和月亮的夜晚

影院外。五分硬币，和
刻有阿拉伯序号的木牌
交换信赖
交换蔚蓝馨香的宁静
闪闪的银丝
并不标明苍老衰竭
而是昭示沉稳庄重
那声声“请多关照”
把暮年点缀得
如同早晨一样鲜亮

影院里，储满
月亮湾的风波
不是为了爱情的　甜蜜的爱情
和保密局那神秘的枪声
《五女拜寿》所渲染的
凛然正气，使你
和每一个观众都下意识地

点点头，并露出一个
落泪后的浅笑

你不会作诗
但你善于比喻——
一个月亮，一个太阳
自行车的前后轮
蕴藏着太阳和月亮的光辉
你觉得温暖
因为你拥有了
太阳的白天
和月亮的夜晚

生活之流

我生活着，于生活之流
兀立山岗沐浴习习向晚之风
看悠悠羊群似白色花瓣
遍布原野向古朴清新之村落缓缓蠕动
遥指袅袅炊烟颇带几分豪气
本是土地的子民
我的根须深植于黄色沃土
麦穗随同微风波波轻漾
恰似我无言的欢快和愉悦
阳光如明亮雨丝自高楼的峡谷泻落
我吸吮晶莹的雨滴
骑车抑或自在地行走
沙发卸落我沉重疲惫
女儿的呀呀之声制造亲切氛围
于彩色屏幕的彩色世界
目光跟随画面巡视各地
侧耳聆听东方巨人铿锵有力的脚步
女排打一场球过一场自强不息之瘾

只怨恨足球圆不溜秋
总是飞旋痛苦无限
情之所至往往按捺不住
于淡蓝的稿格里划拉几句小诗
妻喊饭煳了还不快去
如赶往火场我全力以赴
她甜甜地笑或怒目而视都有道理
我乖乖地赔笑或憨憨地赔不是
漫步环城公园的林荫小径
惦念那小村回味童年
品茗江城男大学生宿舍的趣事
悠然划根火柴点上支烟
将欢乐与忧烦深深吸进胸腔
消化过滤了再轻轻吐出来
于岁月之流，又开始生活

小　贩

星星蛰伏于秤杆
频眨诡秘之眼
闪烁游移之波
秤盘盛满阳光之温暖
却总是沉重

辗转道途
没有永恒的籍贯
晨风撩起你的衣襟
袒露你的辛劳
暮色镀亮你的头发
将你怦然跳动之心
风化成坚硬的黑色岩石
风风雨雨朦胧你成
一帧狡黠与贪婪的剪影

从此岸出发

抵临彼岸
在道路痉挛之巨痛中
你手执细绳
紧缠生活

天空下的河流

亿万斯年。
亿万斯年就这样匆匆奔流
流动橙红,流走黎明
流动白炽,流走正午
流动褐紫,流走黄昏
泛滥金色光芒的波涛
沐浴世代洁净的记忆
东方古老的天空
投映上斑斑驳驳曲曲折折的
沉重的影子
天空下古老的土地
跌跌撞撞地遗落下
一条悠长湿亮的银色道路

这条闪烁永恒辉光的道路
携带光明之舟
黑暗之舟
亿万斯年时时刻刻显现着

古老的银亮

你是否听到
那起起伏伏的船夫号子
那峰峦间雄浑深沉的回声
你是否看到
那么多并不响亮的名字
那么多精灵般腾跃的血肉之躯体
……呼吸的腥涩,胸膛的铁锚
涛声的洪亮,木桨的强劲……
咯咯嘣响的牙关
拽紧了对命运之神的叛逆
也拽紧了自己颠簸的命运
东方古老深沉的天空下
银亮的道路
昭示生命的顽强
希望的生长

道路沸腾汹涌地载负着
无数平凡淡然的日子——
日出而作,鸡犬相闻
日落而息,炊烟袅袅

那青灰屋脊下蛰伏的恬静
启齿浅笑频频传送的温馨
那夜幕笼罩的小狗的歌声
月光哺育的深情的摇篮曲
因了这朴素的平凡淡然
东方古老的天空
永远蔚蓝永远洁静高远
古老天空下的道路
永远宽阔永远畅通直前

因了那么多高贵的头颅
不时将历史的洪钟重重撞响
东方古老天空下的道路
永远坚实永远充满沸腾汹涌
因了那么多素洁缠绵的情爱
每一艘船只都不时拉响
那致以崇高敬意的汽笛
每一腔炽热的青春热血
都在沸沸扬扬火红炙人
东方古老天空下的道路
世世代代都有伟大不朽的子民
都有东方民族充满爱的魂灵

亿万斯年。

亿万斯年就这样匆匆奔流

吞吐古老的东方之月

东方之日

东方古老天空下古老的土地

湿亮的银色道路永远闪烁

永恒的辉光

大 戈 壁

你原是南国的小男孩
不知哪一世纪
你漂泊到北国
并成长为壮汉

你是那样坦荡
胸襟和肤色都一览无余
阳光雨年年月月为你沐浴
年年月月你承受抚爱
也承受你的痛苦与灾难
狂风之暴虐
成为你生长的催化剂

江南女子纤弱之柔情
常使你引颈眺望
只是路途迢遥
思念也迢遥
在北国的土地

伟岸和孤独与你同在
但沉沦永不属于你
驼峰向你展现不屈
你用七彩之梦回以离奇
虽然传说古旧
但簇簇骆驼刺与芨芨草的生机
毕竟昭示生命之不朽
在北国的粗犷中
你开拓柔情开拓永恒

你原是南国的小男孩
无数世纪的历史覆盖你
你不是流浪者
你的根深深植于北国

内 陆 河

一阵阵狂风
将沙浪残暴地卷起
燥热的戈壁
蒸发尽丝丝湿润
我从大山的背脊走下
走向这片使我追索使我眷恋的大地

我并不孤单
沙枣树赤诚
骆驼刺匍匐
诚实的土地与信念
将虔诚传播到每寸空间
我继续跋涉着

我也不艾怨
当一片希望的叶子
跟踪我运动的轨迹

我舒松地交出所有晶莹
土地给了我永久的碑记
使我成为永恒的风景
土地和我一起
完成一个伟大的命题

我向往,向往
那蓝蓝的无边无际的海
可我,我终于没能
听到海的涛声见到海的壮阔
但那湛蓝的海魂呵
早已进入我的心中
生长在这片土地

怀念高原

冰川在我心的上空
长久飞翔
布达拉宫的那个上午
永远不会从生命中消失
那是因为我曾走近你
高原

从拉萨到日喀则
一路的雅鲁藏布江
一路的山丘沙砾和颠簸
还有高山上的雪帽
说明这是一个夏天
雪在山顶
在离太阳近得不能再近的距离
高原上的雪也挺有悟性

歌声袅起
主持人说她是歌舞团最棒的演员
我看也是

那一曲又一曲劝酒歌
醉倒这群晕头晕脑的异乡客
每人一首还不准重复
好在高原是疯长歌的所在
否则哪有这一夜的狂欢

于一片荒漠之海
停泊了一只绿的小舟
一群高原小主人
对另一群不速之客指指点点
清风徐来
轻拂那些我听不懂的语言
手捧干粮饮料
走近他们
赢得一簇友善甜蜜的笑

还有藏香还有小小的饰物
还有女儿不忍脱下的藏服
还有那尊亲切圣洁的金佛
更多的是那些散发高原气息的照片
常常伴我无言的时刻
面对西边
有的是无尽的怀念

道　路

道路,这巨人投映的影子
如同熠熠生光的犁铧
于阔然无垠的原野断断续续地耕耘
那遥远而艰涩的《史记》
太阳下闪烁着白炽光芒
走向你走向我走向他的道路
托付起山一样厚重的伟大
和飞絮般轻飘的丑恶
纵横驰骋于伟岸而深厚的大地

汗滴和汗滴孪生的苦难
——走过道路
坚韧和坚韧萌发的丰硕
——诞生于道路
道路,永远默然存在于无声
联结起村庄与村庄 都市与都市
有道路就有树木的绿荫
就有流水醉人的声响

就有车辆轰隆骏马嘶鸣
就有巨人之后裔坚实的足印
其中,从东方滋生龙的国土
从南到北两万五千里的漫长
矗立起了一个民族崇高的形象
使所有生灵再次惊悟生命的不朽

道路继续伸展
微笑如冉冉旭日升起美丽
道路日夜不停地走向广阔原野
走——向——心——灵

绿 化 带

车过中原，一条又一条绿化林带组成一道又一道绿色城墙。

扑棱棱的绿色翅膀
自天河外降临中原
绿色素涂抹这广阔原野

纷纷扬扬。纷纷扬扬的雪粒
曾连同纷纷扬扬的寂寞飘落
飘落下片片孤伶的凄清
雀群当空飞过，漫撒
片片羽毛和心悸的迷茫
南方，注定成为必然王国
只能将冷寂遗落北国
纱巾飘摇　红色诱惑
依然激不起兴奋　拨不动炽烈热情
毫无阻拦的厉风到处流浪

没有根须得以生存的土壤
无可奈何的目光牵引悲哀
牵引代代无法完成的夙愿
历代存积的灰色愤怒　灰色悲痛
游弋于黄色尘土

而征服作为天性,作为
遗传基因游弋于子孙们的血管
渴盼成为叮当作响的挖掘
坦荡而空阔的沃野兀立畅想
绿的声浪自南方跋涉,突破
古旧防线以洪峰势头汹涌奔流
宣——告——占——领
深藏铜币的土地从此凸现生机
凸现从未有过也永不远逝的
绿色光明

假　山

都市喧闹的声浪里
你使飞驰的思绪
减速行驶

使命注定你只能流浪
为此你甘愿独守孤寂
尽管风铃不再摇响
但山的血脉与你长存
苔藓已悄然爬上额际
岁月使你明晓诸多哲理
只是命名使你悲哀

也有舒松的时刻
怯怯的情语让你陶醉
虽然一切都不属于你
但信赖使灵魂洁白
山的坦荡与尊严

为你展示遥遥的碑座
可你不需要这些
山的家族容易满足

都市因了你
心灵因了你
得以片刻栖息

人 字 瀑

带着深深的思索
如同背负沉重的十字架
我寻觅你——
我心中的
人字瀑！

你巨大的瀑声
把那个古老而神圣的命题
洪钟般地
频频撞响
向蓝天和大地
反复昭示
每个人心中那个
无比崇高的向往

耀眼的白练
带着沟沟壑壑的艰难
和峰峰岭岭的雄壮

从高高的崖顶
重重，重重地
跌下，跌下
跌入你幽深碧蓝的归宿

呵，人字瀑
为了那一瞬间勇敢而圣洁的启示
你无私地奉献了
一生中所有的荣辱！

阳台,塑造绿的立体

在高楼的峡谷
阳台,构造
一个个空间立体

那是多么单调呵
如果满目都是水泥的
苍白得令人生厌的色彩
于是,阳台
便以自己塑造的立体形象
给世界绿的微笑

水仙、月季、紫罗兰
丁香和蔓延的常春藤
还有顽强的仙人掌
被阳台托付着
向蓝天和太阳
向车辆和人流

向单调的沥青路面
和浮动的噪音与灰尘
发布令人瞩目的宣言
宣告绿的存在

在中国的都市
无数个阳台
以清新而昂奋的格调
塑造起绿的立体

百 合 花

小巧的四合院里
百合开了
洁白的嘴唇
吐出缕缕思念……

为了这株百合
能在院里安宁地开放
年轻的栽花人
英勇地倒在了
南国血染的土地上
他把最后的微笑
和作为儿子的忠诚
全部留给了
所有素洁的花朵

百合开了
思念伴随春风
在母亲胸前
散发出醉人的芬芳

凤凰花

红红鲜鲜的,在天涯
在南国赭红的土地上
欢欢快快地开着
绽放你的赤诚

二月,亚热带的和风里
向迢遥的北国
报告春的将临
报告你那鲜艳的喜悦
代表南方
代表南方炽烈的热情
散发着香馨
散发着醉人的浓醇
北国,在你魅力的昭示下
步履蹒跚地走向春天
走向阳光灿灿　走向暖洋洋
凤凰花,南国的花

和南方窈窕的女子一样
散发着青春
呈现难以言状的美丽
北国所有的刚烈　所有的粗犷
所有的寒冷与严峻
都被你融化　被你分解

悬崖上的巨石

你英勇地生长出来
挤压你赖以生存的
三维空间

伫立崖顶
我担心你会失控
会摔下来
下面是幽绿的
草坪,森林。和
腾跃着的猛兽
鸣叫着的飞禽
臆想中的轰然巨响
给我灵敏的耳膜
涂上抗拒灾难的防护油层

驻足崖顶
我发现你飞翔的丽姿

在有限的意境里
展示空阔的蕴藉
充满生机的氛围
因了你的存在
越发凸现深刻的顽强
我想起你的生命
你生命的坚硬

一刻中我的梦稀释了
一个生命残酷地
压倒另一个生命
如此简单
又这般繁复

北方，有一座森林

有一座森林，在北方
我不知道北方
所有树种的名字
我只知道那里松柏
个个都竭力挺直起自己的躯干
挺直那不屈的尊严
组成一个浩繁的家族
昭示广瀚与雄奇

积雪将北方涂抹成
洁白的世界
在白色的光辉下
森林绿的色素
日夜增长
在积雪深厚的旷野
熊瞎子　松鼠　狍子　梅花鹿
留下它们一行行足迹

标示生命的倔强
一队队疯狂的狼群
嗥叫着从旷野上席卷
引来猎人
震撼人心的枪响
油锯不倦地吼叫
向着森林的纵深处
不停地拓进
当千年古松轰然倒地
那些年轻的伐木者
放开如同他们本身一样
粗犷的大嗓门
发出使整个世界
都为之颤栗的呼叫

无数个故事
就这样发生在北方
在那座青幽的森林里

第三辑 话说爱情

你的窗户
你的令我悲寂的窗户
时时向南敞开
却走不进,走不进
我目光的坚贞与忠诚
真希望你的窗玻
被秋风狠狠地击碎
让我有一个秋天
有一个在你窗内停泊的
秋的丰硕

不想回忆

我不，不想回忆
既然星辰都已隐匿
何必再翻开
昨天泪眼的娓娓陈述
江天静静流逝凄凉
柠檬色的甜蜜与酸楚
全都淡然远去

我不，不想回忆
心的历程已全部走完
它应有的七彩轨迹
如今它只能容纳芳馨
前方殷红的风灯
昭示我奋力前行
黎明的新生使我欣喜
路途遥遥期盼漫漫
一线亮色闪闪烁烁
如萤虫扑火我走开去
——不想回忆！

窗

那天天气很好
你打开那翠绿的百叶窗
阳光顷刻泻进柔柔的热情
许是想探看阳光来自何处
你的颈脖深深嵌进窗口

就在这美丽的一瞬
（比你本身更具有美学意义）
我发现世界还存有这样的亲切
仿佛早就相识　早就播下深深情意

我的目光长久长久地属于你
失去存在　失去思维
一切在那片刻全都隐去
那一刻的所有意念都交付给你

你也如同初至人世
定定的目光泄露了你的痴迷

不知你发现了什么秘密
没有任何特别之处的我
有如此幸运这样深深吸引住你
当你发现我们的唐突为时已晚
面庞虽然消逝，但我深信
记忆已清晰地摄下这一切

从此我天天路过你的窗下
只是你翠绿的百叶窗
再也未曾敞开
真希望有一只鸽子
替我扑打开那扇窗户

路灯亮了

路灯亮了
你我浓重的叠影
被这突放的光明搅乱
平静似镜的心湖
连同蕴积已久的甜蜜
被这突来的光之石子
轰然击破
这不是雨夜
没有淅沥的声响
梧桐树的绿色屏障
不能遮拦幽蓝中天之月
你之胸我之胸
那漫长的距离阻隔
拉长于这静朗之月色

面对古井想起那个倩影

于山的夹缝
你不知存在过多少世纪了
井呀，幽绿的苔藓
仅仅只代表你的年岁吗
传说当年爷爷在井边
抱起奶奶一头钻进村头的桃树林
时值桃花正艳
由此他成为村中口头文学里的英雄
后来父亲在井边结识了母亲
再后来井边的一个倩影
飘飘荡荡走进我的少年梦
当然这都是在多年之前
听说那倩影已远嫁山外
且做了两个女儿的妈妈
听说她发誓不生儿子绝不罢休

面对古井
面对同我并肩伫立井旁的

城里之妻的好奇
我想起爷爷奶奶　想起父母
想起那个倩影
村头桃林此刻果实盈盈

那个下午你在哪儿

疲惫的夕照窒息着每片树叶
风也回家了
只有孤寂落寞的我
兀立郊野的萧索

你不是说
要与我一起远离人海
体验一番尘世的荒漠与恬淡么
哪怕只有一刹

但现今你在哪儿
在这样一个下午
在这样一个下午行将结束的前沿
只留给我
你苍白如纸的邀约
和业已化为烟云的允诺

幽蓝的天穹从乌黑的云层
挤出半边幽暗的鬼脸

那是告诉我
在这样一个下午
在荒郊野地上演的，绝不是
一个凄清哀婉的爱情故事
而是一声沉重的喟叹
跨过世纪的时空
敲击我痛楚枯裂的心灵

黑夜正向我走来
仿佛看见一点萤火
闪闪烁烁高挂我行将启航的桅顶
那是我仅有的一星光明

如同折叠一片开始泛黄的书签
我将你连同这个下午
毫不迟疑地夹进昔日的诗集
永不开启

你和那湖

我曾见过那湖
只是那时不知湖边有你
如今你走近我
渐进我之心湖
只是那湖与我之心湖
都不如先时清澈了
于雨夜的淋濡
它们业已遭灾
你所在的那湖之水
突破自来水管
天天走进我的喉管
湖中丛生的不知名的水藻
也将那股怪味
天天送至我的口腔
我你都早就不堪忍受那怪味了
共同受害的你与我
都欲伸臂相互搀扶

但命运已将道路扭曲
我不能搀你
你亦不能搀我
只期望你再也不要伫立于
那散发怪味的湖边了
让生命毫无价值地枯萎凋落

无月之夜

求你不要再说什么
在这无月之夜
我来时的轻轻脚步
未知你可觉察
但你抚摸我的第一束目光
那样强烈的温柔
我之心湖
因你这束颤栗的光明
再也无法浪静波平
真感激这无月之夜
隐去我诸多表情
乃至我忐忑不安的呼吸
再也经不住翻阅
你我那些共同的拥有
但愿这无月之夜不再发生什么
不再产生我无力的祈求

语言无法到达的地方

在这语言无法到达的地方
我同你对话
深入你漫不经心的眼底
我觉察你无动于衷
告知你天要黑了
夜间行路得格外当心
阵雨将如期而至
万万不可没有雨具
但你那毫无光泽的眼神
无法沟通
凝眸夕阳之下的教堂尖顶
你只是呆呆地出神
向晚悠悠的钟声
洗濯你繁茂温情的黑发
我无法理解
这是一种怎样的美丽
高高在上的黑色十字架
封锁住你无法梳理的视线
那家伙冰冷无比

赠　别

从未说声别，从未
星光隐没的晚夜
你没有伤感
我也没有
心儿于寂静中体验寒流
只是血尚没有凝固
双叶片翠绿并渐渐靠拢
期待的回声总也没有
只有忠诚如同北极星辰
孤独地昭示方位

没有撼人心魄的钟声
连手也未曾轻摇
晶莹之泪从心底汹涌而出
漫溢心之堤岸
红纱巾自车窗悠悠飘落
我只能茫然拾起
一方悠长的想念

沉默之下

你无声的背影
消隐于最远的那个街口
我忽感一阵释然
因你远去的空位
可以随意安置诸多风景
于形形色色的构想
你若重又出现
反倒无法组合排列
我以无言筹划
没你存在仍能上演的情节
一切都毫无缺憾
只不知此时的你
蛰伏沉默之下的轨迹

意识的边缘

伫立于岸
你期盼摆渡
渐次急骤的心律
断绝临阵逃脱的意念
乖戾的双脚异常稳健
无法位移
时光渐逝
你的意识渐趋迷蒙
在这明朗与混沌的边缘
你始终端立如树
僵硬之臂横伸为枝
脚掌深植地底
于轰轰隆隆的地音震颤里
你行将彻底蜕变

黄昏，大街上走过一位少女

大街的峡谷里
一层金橘色的彩釉
波浪般微微漾起
一件洁白的连衣裙
和连衣裙一样洁白的少女
连同一股洁白清新的和风
从街头
向大街姗姗走来
余晖。楼房。电杆。路灯……
一切都成为背景，构造
一幅令人振奋的图画
使人想起拉斐尔
想起他的《西斯廷圣母》
呵，我真想
（真的！）想在那洁白的额头上
印上我洁白的
（如同那件洁白的连衣裙）
轻轻，轻轻的一吻

原谅我吧
原谅一个青春期的少年
血液里汹涌着的青春的欲望
街树挺立着
以浓浓的绿荫
掩盖起青春的惊异
掩盖起都市的颤抖
掩盖起少女和色彩点燃的
初夏时节躁动的激情
(我想,洁白也是一种色彩
一种圣洁的色彩呵)
无边的想象,如同
扑棱着翅膀的鸽子
飞过高楼
飞向原野。原野呵……

黄昏。一位少女
带着鼓胀着的青春的
希冀。姗姗走过
中国橘黄色的街,走过
一段壮美的都市进行曲

对　话

（亲爱的，你能看见我吗？）
远方森林的上空汹涌绿色波涛
一朵朵美丽的泡沫
花一样绽开令人愉悦的慰藉
在泡沫中久久伫立的是我
任凭引颈眺望仍不见你我无限沮丧
树的梢头也许不是最高境界
只请你原谅在这林莽的极致
我多么想企及你那荡人情肠的温柔

南方静夜的那片安谧
是否早就淡然远逝于你的脑层沟壑
但我永远也忘不了那醉心的眩晕
一个世界包容另一世界多么艰难
从你的手臂走过我青春的热血
我脉管的淡蓝已向你输送去我所有坚贞
蛙鸣仿佛仍时时鸣响于耳畔

棕榈叶的急切也如同已深深嵌进瞳孔
只不知你可清晰这最初的纯真

南方确为生长热切情愫的领地
心和心垒筑起森严古堡
你我便坚守起牢不可破的囿壁
幸福和甜美高擎火红的桅灯
我们共同的毁灭便涅槃般伟大神圣
五彩斑斓的向往耸立于桅顶
仿佛看到另一世界诞生　听到另一世界召唤
你我于一刻的不朽中走向成熟

我的那么多旅程全都属于你
风雨兼程繁茂的苦辛全都属于你
交给你唯一的雨伞　留下唯一的皮靴
前面的路途是我们共同的历险
雪天因为我们的亲密也会显现柔和
夜间我们燃起丛丛密集的篝火
黑暗不属于你我　阴冷不属于你我
(亲爱的,你能听见我的声音吗?)
在这远方森林的上空充满狂啸
那是疾风撩动林梢的交响

但我的声音充满我的色素呵
我的色素的每一细胞你全都谙熟
你听见我这遥遥的呼唤了吗？

风 铃 草

南国。
南国飘飘摇摇的风铃草
一个偶然而又必然的组合
一个平凡而又崇高的向往
我们。我们相逢在这
充满辉煌而又忧伤的
人生的驿站

谁也难以料想
你那孱弱的躯体
竟蕴含着
那么大,那么大的能量
只有天空的湛蓝与深邃
才能包容

在淡蓝的微风中,你
唱起令人痛苦而欣喜的悲歌

在一片死寂的苍茫中
萎缩的骆驼草
渐渐抬起那沉重的头颅
绽放一片朗朗的新绿

飘飘摇摇的风铃草
在庄严的驿站
散发着香馨,那棵
新生的骆驼草
也常常飘飘摇摇,因为它
来自寒冷而寂寞的北国
南国的风铃草
愿你时时摇响你的风铃
让我时时能听到你
铃儿响叮当……

话说爱情

业已无话可说
你淡淡地说就说说爱情
作为女人你首先就说女人
女人尚未说完
你说你听到猫的号叫

我凝神贯注侧耳细听
未能捕捉任何音响
满怀狐疑望你
你正幽雅地掩嘴窃笑
这倒使我首次真切地观你
颇觉你酷似一只猫
眼瞳频频闪射的幽幽之光
使我不寒而栗
臆想你在春天屋顶之角逐
惧怕你急切切悲切切饥不择食
只想隐身潜逃

不知你所说的那猫的号叫
是何等深切　何等凄厉
抑或只是一个浅浅的轻嘲

但你如此话说爱情
真的使我无话可说
未说再见未及打扫战场
我已临阵逃脱一路仓皇

无法坚强

我无意展示孤独
胸膛寂静
深邃的默然
沉重无限
但电话线频频导引
你柔柔的音波
这不可抵御的刻骨诱惑
叩击心脏
我再也无法坚强
运用同样的方法
我的舌我粗重的喉结
迫使话机听筒的簧片
向你射击
除却一记轰然的声响
你的那端再无声息
你是否业已倒毙
是否与我一样
在某种特殊时刻
无法坚强

梦之边缘

说不出什么背景
只是梦之边缘
我曾触摸你素洁之手
慑于你之神圣
我匆匆醒来
不敢有半点亵渎

仿佛你曾叮嘱过我
早早走出欲溃之古堡
但我一直未能彻底理解
你这漫不经心的点化
对着安然的灯光
我苦思这艰涩之谜
可终不能捕捉谜底

因未曾有过任何许诺
于这梦之边缘

我常将思绪分成线条
一丝丝地播撒开去
织成诸多未能成形的图案
漫无边际的自行设计中
我能直接进入角色
于意识的河道里
我是一尾活蹦乱跳之鱼

雪　野

雪野并不全是冷寂
厚厚的雪被
储存着浓醇的温情
真正令人悲寂的是你
是你愈来愈远的红纱巾
是你挥动纱巾的
愈来愈模糊的手臂
许是兀立雪野的小屋
停泊了我们太多的热情
因而我们必定别离
必定有别离后的
漫长的相思与孤寂
此刻想必小屋的窗口
也睁大了可怜的瞳孔
盼望了那么久
而你终将离去
只留给我

和我的小屋　我的小窗
这许许多多的难耐
柳枝压满积雪
却全然没有爽目的写意
这里所有的风景
全都为你构置
构置起连泪水
也冲刷不去的凛冽
只望积雪消融的时辰
你同春阳一起
再次来到我的小屋
使小窗和我再有一段
没有焦虑的甜蜜

等　待

知道你再也不会出现
随同那微凉的秋风
你远远地去了
只留下一个火红的身影
和夕晖里的一抹凄清

但我仍这样苦苦地等待

也许不该有那样的热烈
但青春的激情毕竟奈何不得
以往只知世上存有离别之恨
不承想离别就意味苦难
如此沉重并轰然降临
我俩平和湛蓝的浩浩天穹
成为我们的灭顶之灾
知道你再也不会出现
但我仍在这秋的黄昏里
如此苦苦地等待

适才那静静的一瞬

将手伸向你
什么也没握住
我适才的那团火热
也不知去了何处
那两束金黄的丝带呢
那发射丝带的两孔枪口呢
现今存留的
只有这两束冰冷的胆怯
只有这两孔寂寥的窗口
我缩回的双手
龟缩在颤栗的灵魂里
我的灵魂
也因这猝不及防的打击
龟缩到谁也关注不到的角落
什么也没握住
可随这轻轻一握
那么多设计精心的蓝图
都已无踪无影

夜　待

万籁俱静溶解着夜
风也吹不出一缕音响
一切都处于恹恹的晕眩
只有我灵魂的走廊里
翘立着兔耳般的机警
我并非明察秋毫之眼
紧盯那扇绿色门柄
于空气的悄然中
我等待那绝妙的细微声响
你须经的那块草地
断然无蛇
只是那些草虫
是否会迫于你之芬芳
撩起你衣襟的某个部位
制造你的奇痒难耐
但愿这宁静夜色
安顿我所有天然之敌

使我这如许漫长的夜待
能着上一丝秀色

于绿色门柄的悄然而动中
我灵魂的走廊
澎湃起涨潮时的喧响

十字小溪

没有任何色彩的暗示
只因我以为这就是默契
把小溪无意间的逗引
错当某种风情
身体孱弱 胸腔太薄
我不能成为你的安全之岛
唯有风儿陪伴我红肿之眼
追踪你足下的草滩
可你布下的坚实栅栏
只留下那风
决然阻回我眼之红肿
我只能在这十字小溪
重新出发
小溪虽小我却无法摆渡
在脚步的蹒跚中
我将颓然何处

望 夫 石

不要再眺望了
那只是一个神话
一个耗费了你所有真诚和热情的
虚无缥缈的梦幻

在你身后
闪烁着两束炽热的目光
它们的热切
会使你冰冷的心脏
重新活泼地跳动
会使你凝固的血液
再次浪潮般汹涌

我深信,你
会毅然地回转过身
携带这两束目光
和给你传送温暖的躯体
走向你未曾历经的
现代生活

栀子花凋落了

只为那凋落的栀子花
你哭了
我说来年还会有的
时光仍长
但你的哭声仍止不住
你说凋落就凋落了
再也不会生长
我想栀子花总会凋落
但一切并不总是凋落
有生命尚存总有生命相伴
栀子花凋落了
但洁白与纯洁
该和生命紧紧相随
（栀子花凋落了
但愿你不再凋落）

嘱

你是否记得那句话
那个秋天那片山坡
对着满山火红
你说每片树叶都极真实
那么　请你快快扔掉
那串多余的钥匙
叮叮当当
无论何处它们总不得安宁
总想鼓凸一方着色的栅栏
真正想留　就留
几只必不可少的吧
只请你不要随意开门
每座房子都有做梦的时候
此刻你不要打搅
特此慎重地嘱你
千万千万

昨夜之灯

灯光流泻
流泻昨夜之灯的情势
我欲将这束束灯光挽起
挽成一个炽亮的
坚实的死结

不因我的情绝
我只时时感到你的呼吸
如蛇紧缠我的喉项
昨夜之灯的光芒
照耀你昨夜吞吐的空气
空气弥盖着我
通过我纹理增多的肺部
压抑使我神经质地想念
只为那昨夜之灯
不能将你昨夜的投影
深深烙上我墙壁的

苹果之绿
今夜的灯光
尽情播放无边的凄凉
电流燃红的钨丝
编织那毁灭之网
我是一只挤不出玻璃的
瘦小之虫蚤
不能投身于你的辉煌

越发痛恨昨夜之灯!

守　夜

额前浅浅的皱纹
闪烁其词地讲述履历
你我茫然之眼
乃四盏空洞之灯
发不出一丝光亮
只闪射那漠然的虚空
烟蒂尚存的一丝热气
终不能燃起不可复得的热情
人说静夜多思
但此刻无声而焦灼的缄默
勾不起一缕纤弱的记忆
没有一处空旷之角落
遗落你我丢失的些许灰尘
你之胸我之胸
是两泓静静的海之死水
不能构筑港口
没有安谧没有缠缠绵绵的柔情

期待停泊
只能有一种解释
这是另一种表达
宁静晨曦飘然而至之时
我们仍没有起航

冬夜里的脚印

那是一个大雪的冬夜
一个比任何冬夜都静寂的冬夜
我惬意地睡了
(世界也惬意地睡了)
也许只有窗外的腊梅花
在寒彻中踯躅了一夜
但谁知道这是真实的呢

只是第二天雪地里的脚印
自那小路逶迤地伸至门前
又逶逶迤迤不知了去向
想腊梅花是不肯离我远去的
冬夜的透骨寒彻也敌不过
它对我火红的忠贞
陪伴我于每时每刻
即便自身成为冰凌
终也摧不垮它炽热的赤诚

但那脚印是谁呢
只是自此我再也寻不着
那隐约不安的起始之处
在秋后山坡下的小河里
我曾漂放一叶血色红枫
但枫叶也一直没有回返

只是无奈地艾怨那个冬夜
那来回的脚印到底是谁的呢

别

真不知怎样安慰你

前方没有风雪没有阴雨天
没有眼下这难耐的忧郁
当柳枝摇动青翠
你会忘记现今的一切
即便棕榈晒蔫了头
在些许微凉中
你也能感受到微风的甜馨
而我没有水囊没有袋鼠的法宝
旅途的尘沙许会深深掩埋我
只有夕阳显印我疲惫的剪影
也许就在本该兴奋的刹那
我会轰然倒地并再也无法站起
这都只因我不甘落寞
只望春水涨潮的时刻
你的眸子充满春之柔情

不要扬起你饱含诱惑的纱巾
更不要回首抛洒你的依恋
一切都是真实的
包括你我此刻深切的哀伤

无论如何你还是走吧

传说和你我

(……久远
后羿和嫦娥
清冷的广寒宫
一切都荡然无存了
古旧的传说……)

你不是嫦娥
我想,即使有那
神秘的仙丹
你也不会飞升
飞升到远离我的天国

我也并非强悍
后羿的英勇
不能成为我的愿望
我不期望那样
玉兰灯开放的时候

我们不承想起这传说
虽然激动早已过去
但心的契合
仍传递着温暖的讯息
每当你喃喃自语
我不禁暗自痛心
那个美丽而清冷的悔悟
和那可怜的小白兔
(但愿传说永远古旧
但愿传说只是传说)

你的缠满牵牛花的窗口
每晚都镶嵌淡黄的灯光
和我淡黄的牵挂
我想这里只能输出柔情
不会生长悲剧
(传说终究久远古旧
传说毕竟只是传说)

远　行

伫立海岸
我不是灯塔
不能照亮你的航程

阳光雨丝倾泻的晶莹
鼓胀你饱含热切之帆
抹去所有浓重的阴影
大海呈现从未有过的温存
远方淡蓝的海平线
将那丝丝荡人心魄的诱惑
频频发射
航程迢遥恋情迢遥
但山的气息
早就渗入你我的筋骨
海的汹涌
早就深植你我的心泉
带着山之执著海之深沉

你——去——远——航
我做你长长的绳缆
将你所有的忠诚
坚系于山之岸海之岸

海的深处响起石钟的激情
你以雄健而优美的风度
走——上——甲——板
我的心伴你远行

又见花雨伞

这没完没了的秋雨
是相思者洒不尽的泪滴
编织没有尽头的相思网
却收不起一丝想念

我不知道你的名字
但这无关紧要
只望每天能够看见你
(临街的百叶窗后
有我劳累后最惬意的一刻)
真想天天下雨
哪怕墙壁淋成苔原

雨天就会飘过你
飘过你的花雨伞
伞下的你定会更美丽
虽然看不清你动人的脸庞

但这富有更深的寓意
使我更能发生猜想
猜想你定很美丽的名字
和你与花雨伞一样美丽的故事

不知道哪天开始注意上你
但一看见你我就想起一个人
想起不知在哪部小说哪首诗
哪个无端的梦里
无数次出现的那个人
但你从没发现我
发现这世上你的虔诚信徒
多么希望你抬头看一眼
看一眼我虔诚的朝圣目光

但你从未抬起过头
（我想你永远不会抬起头）
也许你永远不会发现
发现有这样一束目光注视你
我真怕
真怕你身边突增一个身影
因而只想天天看见你

尤其希望看见你的花雨伞
(让雨伞永远遮住
那个随时可能出现的身影)

此时又看见秋雨中的你
看见雨中你的花雨伞

你的窗户

你的窗户
你的面南而开的窗户
许是为了接纳
南方归雁遥迢的跋涉
你的窗户早春就布满慰藉
但我的思恋
日日扑打你的窗口
却不能在窗内得以片刻栖息
棕榈树摇曳
不能摇回我以绿色安抚
我不能明白
你的窗户
何故唯其对我如此凄清

许是你的窗户
已储有阳光太多的热情
我的迫切与希求

没有方寸滞留之地
我将所有的爱慕
全都掷向你的窗户
每每被你坚硬的窗玻
快速而冰冷地挡回
即便如此
你的窗户仍布满温情
因为夏日的全部热烈
已被你早早储存

你的窗户
你的令我悲寂的窗户
时时向南敞开
却走不进,走不进
我目光的坚贞与忠诚
真希望你的窗玻
被秋风狠狠地击碎
让我有一个秋天
有一个在你窗内停泊的
秋的丰硕

夜　行

背负重荷
仿佛背负大山的所有忧郁
在夜的沉寂里
我匆匆行走
没有人迹的土路上
矢车菊也失去光彩
心灵灰蒙如雾
显示不出生命之美丽

没有期待的苦痛
是最沉重的苦痛
当你,猛然将那
丁香般的香馨掷向我
我的神经之弦
一阵痉挛
扭动如蛇之游弋
我失去的嗅觉

再度发生感应
一刻的眩晕之后
我的心
拓展出一条道路
通向你
通向你温暖的胸腔里
那颗火红的种子

该结束了
我这盲目的匆匆夜行
你的眼睛告诉我
关于月亮的那么多故事
全是骗人的
只有我,只有你
和我们这夜行中的偶遇
才是真实的

橄 榄 绿

燕子的翎羽,抖落
南国弯弯曲曲的缠绵

地平线并不遥远
炽热就在前方
昨日的夕阳,已
深深沉入我们的心海
而今天,我们
都听到彼此心房的急切
橄榄绿
我们所醉心的橄榄绿呵
挺立在地平线
挺立起地平线上的一片迷蒙
我们也泪眼迷蒙呵
为了这一刻的美丽
我们跋涉了
那么多山道 那么多溪涧 那么多艰难

依偎起信赖和甜蜜吧
橄榄绿窸窸窣窣唱起欢歌

人生并非短暂也并非久长
手挽着手
看见橄榄绿
我们就会相视而笑
然后两个身影,会同时
缓缓移向地平线

地平线上的橄榄绿
迷人的橄榄绿呵!

中 秋 夜

没有月的丰满
今年的中秋
月儿已去到你的住处
不然何故有这么多的浮云
将月的温情全部遮掩
举目不见你的笑靥
侧耳未听你的絮语
想远方的你
对今夜的月儿,定会
抛洒你淌不完的晶莹

没有秋雨的缠绵
去岁中秋的淅沥之声
常使我暗自回味
那是令人回肠的时刻
连窗外的芭蕉叶
也那样谙知我们的深切

以滴滴舒缓
伴奏我们心泉的涓涓交汇
想今夜的梧桐树
再也无法挑起月的柔情
今年中秋的虫鸣
越发使人凄清

这又是一个中秋
这是一个无月的中秋
今夜的时光
全都付给对去岁中秋的
深深怀念

这又是一个夏天

这又是一个夏天。

那片椰子林里
谙熟的琴声在悠扬
燥热的空气被震荡

棕榈叶噼啪有声
我站着
向着那片椰子林
现在我所拥有的
只有回想只有回想
回想那一个夏天
那个夏天的那片椰子林
战战兢兢的第一个吻
战战兢兢的第一次爱恋

这里只有椰子和棕榈

南方的合欢树
也不知去了哪里 去了哪里
这种植相思的地方
只能代代生长相思
不如我愿不如她愿
分离看来不可避免
各自东西我不可想象
此时我木然
只能望着那片椰子林
只能机械地回想

那个夏天
那个甜甜蜜蜜的夏天
那个永远怀念的夏天
已经远去　已经远去

这又是一个夏天。

那支柳笛

不知你是否
还记得那支柳笛

那是充满生机的季节
早春原野的嫩绿
都被我轻轻吹出笛管
你说:送给我吧
让我珍藏这片春色

而今已是深秋
身处异乡的我
真想再吹一段柳笛
吹一段深切的思恋
只是此时没有柳笛
异乡没有聆听柳笛的你
我的曲儿
也不知隐匿去了何处

只不知你是否

可还记得那支柳笛

没有失去

凝视你远去的背影
我绝不悲伤
两行脚印仿佛一部无字小说
无需润色和编辑
我默然良久
剖析曲折错综的情节
检阅眼泪和笑颜
全然没有你我的些许痕迹
不是挽歌也无所谓涅槃
只是平淡无奇的一朵小小浪花
大风哗哗乱响
暴雨将无字之书化为烂泥
轻叹一口热气
我没有失去

进入你的呻吟

未及门槛
不祥之预感如期降临
太阳坚守白色小窗
罩你以灼热
无言的心思并非白纸
生命飘摇若即若离
抚慰到达之前
你无法离开
这座孤立无援的房子
病变流浪于纤细的血管
我的脉搏不能为你
输送任何关怀
相距尚远
我已进入你的呻吟

麦子又黄

你启齿一笑
素手悠然一指
熟透的麦浪洋洋洒洒
去岁失血的冬季
土地干渴得发火
你咬破手指
指尖渗出两条红色河流
萎缩干瘪之禾枝叶伸展
同你一起在阳光下劳作
有种无以表述的充实
你如一位练达的琴师
琴音满含魔力
能重塑幽绿使黄土返青
结出如许成熟
于这麦子又黄之时
我该如何回应

燃我寂寞的生命

举我寂寞的名字
走向寂寞的你,姗姗地
只因对这难耐之寂寞的分外深切
试图以我寂寞的名字
和寂寞的躯体与魂灵
与你为伴
缓解你之寂寞
也许这对你无济于事
我的名字单薄
躯体与魂灵全都孱弱
但我还是姗姗走向你
试图以我之孱弱
为你无边的寂寞灼一方小孔
导引一条小小溪流
伴你一段小小旅程
当我之孱弱耗去所有热能
唯愿你脚下的每一路途

都有如我一般寂寞的名字
和孱弱的躯体与魂灵
伴你

姗姗，姗姗地走向你
燃我寂寞的生命

你的默然与我心的剧痛

面对你，面对
一尊沉默的浮雕
我无法表述
心之底层渐次荡漾的疼痛
你的眼神漫游
不知向哪方世界
散射你漠然的虚空
粉唇浅琢的线条
无一丝波澜
不标示任何思维之走向

面对你，如同面对
一个模糊的剪影
作为背景的
只有无边无际的空洞
于默然的寂寥与迷茫
我真切地听到

你歇斯底里的绝望
我本就孱弱的心脏
业已畸形,回旋
坠入深谷般的尖啸

剧痛。剧烈的疼痛

故　事

要说的眼睛都说了
而今,剩留给你我的
只有无声的沉默

那条弯弯曲曲的小路
只能容下一个身子
却有两个相向而行的你与我
什么也别说
放眼前面那片桦树林
那里也有一条小路
只是并不如此弯曲
我多么希望走过去
如若你能转过身子
并永永远远地陪伴我

但我还是什么也没说
小路是有　桦树林是有

然而你与我
各自都有自己的芳草地
各自都有自己的寻觅

心之窗棂

绿色藤蔓爬上窗口
你毫不惊奇
早知会有这一天的
即使不是现在

霜期处处凋零
我深深惧怕这个季候
收获时节我渴望丰厚
可爬上窗口的藤蔓你从未问津
我总也猜不透
你之窗内究竟储有什么
心儿既已放飞
就期求早日栖落
迫切如同海潮漫过沙滩
苦苦寻觅之后又苦苦等待

此种境地进亦难退亦难

除了急切我只有无奈
你的窗口从未呈现温情
不知绿色藤蔓何时涉足瞳孔
缠满你心之窗棂

黄昏，吉他在响

（……黄昏。雨后的小溪
伴着细微的声响
潺潺流往远方
吉他在响）

吉他在响。紫色的蔷薇
和绚丽的三色堇
顶着明熠熠的雨珠
为吉他浸染富丽的色泽
一个个飘逸的彩色的
音符，加入了
小溪的合唱
雨后的黄昏
成为它们的主题
它们要去远方

（远方，也有
这样一个黄昏这样一条小溪
——远方有位
等待吉他的人……）

日　子

——赠妻

你总说日子日子
是的,这日子太平常了
但我总在想
怎样使这平常的日子
过出一点不平常的滋味来

女儿又解溲了
你平静地打开抽屉
拿出一张纸
一张质地很好的卫生纸
你平静地为女儿使用了那张纸

记得不久前
看见邻居家的小孩
做女儿现在所做的事情
你即刻扔下刚端起的饭碗
那翻江倒海的呕吐

使我刻骨铭心
而现在你做着这一切
是这般平静
平静得让我产生某种担心

是的,这日子太平常了
我们怎样处心积虑地
过出一点不平常的滋味来
这不能不说是一个问题

赠你一块蓝天

真的！真想把那块蓝天
赠给你　赠给你

让你紫色的海星星和
红珊瑚以及玫瑰红的憧憬
都能找到一块栖身之所
得以依托　得以依托

让你灼灼发光的烟蒂和
你深深的思索以及你的兴奋
都能找到一块驰骋之地
得以腾飞　得以腾飞

让你娇小的美人鱼和
她呼出的乳白热气以及柔情
都能找到一个温馨的穹窿
得以储存　得以储存

让你真挚的思念和
你所有焦急以及炽烈的迫切
都能找到一条宽阔的大道
得以畅通　得以畅通

真的！真想把那块蓝天
赠给你　赠给你

南方，北国的思恋

我高高凸起的额角
（如同高高凸起的南方的山冈）
仿佛仍萦纡着
你往昔令人回肠的馨香
可我的眼瞳不能睁开
（睁开一切就荡然无存
只有合欢树的叶子
频频招摇我的意愿）
我曾那样迫切地急欲表达
但古柳教我学会缄默
（那毫无缘由的缄默呵）
每每看到那黝黑的
龟甲般的古柳树片
我就想起南方浅池中
那朵殷红殷红的睡莲
（不知它如今可曾睡醒）
当归雁驮负起

凄凉尖厉的悲哀当空掠过
我的头总也难以低垂
心绪终归不能远去
归雁载不走
我那岩石般的灰色沉重
只因那已成千古遗恨的缄默
我承受起这巨大的重荷
真希望那棵古柳
早早倒塌并再也无法站起
而当我尚未觉察
北国寒冷凛冽的威严
雪就舞蹈起洋洋洒洒
总也觅不着那方纱巾
轻轻拂动的殷红
即便满眼遍布红色诱惑
但终归不是你的
因而总是只有雪粒
只有伴着雪粒的北国思恋

潮湿的时间

你可能随时君临
在我怀念你和不曾忆起你的任何场合

我不能不小心设防
我怕我突兀地
说出你的名字,我怕
熟悉你的人
和从未听说过你名字的人
那些无端审视的目光
我不愿站上那残忍的受审席
但你如水的温情
还是源源不断地流向我
在我怀念你和不曾想起你的任何场合
我感受到那股股泉流
甚至它的起伏
它抑扬顿挫的节拍
我咀嚼这稍纵即逝的感觉
只是无论如何也无法品出

蕴藏其中的一丝幸福

向晚时分。默然静听
你那熟稔的跫音
我多么希望此时此刻的你
正走向我,此时此刻
你我在这世界静谧的一隅
能有一段静谧的相逢
仿佛知晓我思维底蕴的
每一蛛丝马迹
由纯白渐至蓝紫的菖蒲花
零零星星地点缀于河岸
如同我记忆的片断
晚风拂来。纯白而蓝紫的起伏
提示着结局
提示我所有的思维
只是一厢情愿的幻影

但我还是静静地伫立
旷野的向晚时分时机难得
我静静地将那盘根错节的往事
加以洗涤与梳理

细腻无比

于洁白的纸上
我动情地描摹你旧时的肖像
但我笔下呈现的
从来都不是你
那是一个与你无关的形象

不知你现今是何模样
不知现今的你
离我熟悉的轮廓尚有多少距离
从你那密封的窗口
时续时断透出的消息
告知我你仍在追寻
我有意封锁的所有线索

真不知奔涌于你我之间
这明明暗暗的云层何时消隐
潮湿的时间
已使你我之心斑斑驳驳
我渴求但不愿实现你的来临
我深知我远不是一个出色的
画家或者工匠

窗口的灯仍亮着

窗口的灯仍亮着
沉重的黑暗
被烧灼得阵阵悸动
向着闪闪烁烁的灯光
我放飞柔顺的白鸽

窗里有棵常青树
树上飘飞我们的风向旗
窗里从没有阵雨
也从没飘过积雨云
这里的火热激发起点
驻足之后这里只有奋进的激情
发一通感叹发一阵朗笑
我们从此远征

泥泞的相思和泥泞的山道
弥漫沉重的夜色
但窗口的灯仍亮着
在天际,在心间

霜 地 上

一大一小的两行脚印
蜿蜒
向着那片桦树林

繁茂的桦树叶
遮掩了所有的甜蜜
风信子不是风向标
——方向迷失

太阳惺忪地起身了
阳光雨哗啦啦倾盆而下
冲刷着霜地
冲刷去那大大小小的印迹

一切都已发生
一切好似都未发生
过去的故事只有两人记起
后来的事情谁也难以料想

小 夜 曲

走了那么多的山路
秀发湿湿的
——雨水和汗水的淋濡
裤脚破敝沾满泥泞
——荆棘与坎坷的印记

历经磨难呀
才有这合拢的宁静
心和身体抖抖索索
激动与辛酸全都溶进
这淡淡的温馨

伸出手掌
伸出所有忠诚
心的双叶片悄悄靠近
积满雨水的每个脚窝
都留下永久的甜蜜

在有风的日子里

干吗要有那么多的悲苦呢
你去吧——
粗暴的不是我的心
而是癫狂的风

你不要回头
以免撼动你并不坚硬的心
暂时什么也别想
留一个瞬息的真空

会有风停空净的日子的
我们仍会相见
那时你就把我的躯体
整个儿装进你的瞳孔

我的诗是一枚橄榄
我会时刻等待
等待同属你我的那一天
等待你我一同咀嚼这枚酸涩

恢复平静

你白皙的肤肌
仿佛还留有狂欢的音符
你的手臂是两支长长的笛管
曾吹奏那么多的魔曲
随同魔曲狂舞的
是你两颗尖啸的心弹
将蓄谋已久的目标
一一击中
而今一切消失殆尽
环视四周
似乎进入蛮荒
繁荣只在短短的一瞬
现已深深钻入地底
一空如洗的枪膛
毫无慰藉
只能羞怯而辛酸地告知你
原谅我,和我
蕴于不动声色的渴盼

第四辑 回归村庄

远离你
我如你田塍上的一茎小草
根须错节于你
风吹你我舞之蹈之
雨淋你我浑身透湿
仰望星空
我夜夜钟情于你的月亮

山　峦

矢车菊星星点点地缀饰着
那是一条小路
尽头是蜿蜒不尽的山峦

山峦，世世代代沉默着
只有知音者能够听懂它无声的语音
那就是葱葱郁郁的松柏
荣而枯枯而荣的丛生灌木
和疾风卷动林梢的狂啸
以及雄踞山巅的高高危岩
山峦日夜以沉默无声的语言
诉说永远也倾吐不完的心思
永远也倾吐不完的无限情爱
山峦沉默存在于自然
山峦知音者们的主宰，就是
和山峦一样沉默的山民
山民默然地和山峦相依为命

晨光从山峦的肩胛
预示无数次令人惊诧的生机
曙光将山峦装点起红晕的美丽
以山峦为背景,夕晖
呈现巨幅血色的宏大剪影
山峦和山峦一样厚实的山民
托举起山里厚实而平常的日子
山峦以男子汉的宽宏矗立于大地
山民以男子汉的宽宏担负起伟岸

山峦依据钢铁似的法则
构筑起钢铁似的苑囿栅栏
于是诞生了绳似的山间小道
升腾袅袅炊烟的青灰屋脊
于是有了油菜花拂动的金黄
稻麦汹涌的层层叠叠的波浪
于是牛背驮负起牧笛款款的优雅
哞哞声声播扬生灵的顽强

映山红的艳丽岁岁如期来临
山峦得以感受难得的温馨
沉醉虽为时太短,但温情

使山峦怀揣四季不眠的希冀
有字无字散落的方尖碑
记载着山峦源远流长的山魂
山魂从未沉睡
岁月演绎山峦沉甸的价值
山峦永存　山魂永存不朽

沿着矢车菊缀饰的小路
就会走向山峦
走向和山峦默默同在的山民

古　道

小村是部厚厚的史书
只有起源永无尽头
古道权作书脊
串联起古牌坊古亭台
串联起一茬接一茬的庄稼
串联起一幅又一幅似曾相识
又永不雷同的插图
一代又一代后生常常翻阅
一代又一代前人留下的文字
时而落泪
时而欣喜
可今儿古道什么都不是
它是一条真实的乡路
领我回家

故　乡

那长满栗树的葱茏的山岗
那散发苦艾气息和稻花香的田野
那袅袅娜娜的淡蓝的炊烟
那缥缥缈缈的村野小调
故乡呵
你青灰的屋脊
不时走向枕头走进梦中
——枕巾常湿　心儿常湿

带着村头那棵银杏树
苍老而真诚的祝福
折叠起小纸船载着的梦幻
和小纸船般脆弱的童年与天真
一头挑着幸运
一头担着艰辛
羊肠小道开始铺展我的历程
故乡呵

还记得么
临别时餐桌上那碗鸡蛋汤
母亲忘了放盐

故乡呵
那唱着惫疲之歌的水磨还在么
我已不想讴歌它所凸现的古朴与宁静了
(想你会原谅我的
原谅长大了的孩子心里的不满)
但愿它和所有遥远的记忆一起
从那窄窄的山道口走出
走向应归属于它的天地
——那泛黄的书页上记载的历史

那几株白杨
该已很高很高了
而栽植白杨的人
只能想象生长它们的土地
和这片土地上所发生的一切事情

乡　情

江水缓缓东去
已是深秋
很难想象春洪高涨的景象
江浪细微的声响
弹拨黄昏的寂寥
心儿湿漉

故乡潺潺的溪流
将细细密密的缕缕乡情
送到这里呈现眼前
母亲呼唤乳名的甜蜜
也仿佛渗透着
这微寒的气候
童年并不遥远
纯真的幼稚和温暖
常使记忆滚烫
心中萌生的丝丝温情
被江水悠悠带走
盼望雪花纷飞
好遥望那片火红　那片憧憬

思念村庄

村庄，日夜思念的村庄
蛰伏于我的思想
无论飘落何处
都与我相伴紧紧
时刻赠我温情
你清晨塘面袅起的阵阵热气
如冬天的围巾盘旋我的颈项
我把你有些残破的屋脊
想成都市公园小亭的飞檐
颗颗雨珠滴落的
已不只是我的怀念
还有我稚嫩遥远的童年
远离你
我如你田塍上的一茎小草
根须错节于你
风吹你我舞之蹈之
雨淋你我浑身透湿
仰望星空
我夜夜钟情于你的月亮

村头飘来我沾有奶香的乳名

回归村庄
回归出生之地　回归童年
吸吮这浓重的乡土气息
心里踏实无比
母亲说生我这头胎儿顺利得难以置信
她在地里摘棉花
感觉我要动身了
未及家门我就来到了世上
因而我对那块棉花地
有种说不清的感激之情
许是棉花的分外素洁
呼唤着娘胎里的我
使我那样急切
竖立田埂的狗尾草儿
对我摇头晃脑
仿佛正嘲笑我这无端的臆想
村头飘来我沾有奶香的乳名

那是母亲唤我回家吃饭
放眼这无终无极的田畴
怀揣满畈秋色
有种分娩在即的感觉
那片绿茵茵的棉棵里
星星点点的花朵五彩缤纷

栖落山谷

如一只钟情的候鸟
栖落山谷,如同栖落于
历史幽深的巷道
静观蝴蝶翩飞
阳光成熟的流苏
感染苍茫无际的林海
燃红枫叶
渐次荡漾的殷红之波
使人联想起屈老夫子《九歌》中
山鬼飘飞的秀发
遥想当年猎猎战旗
点染几许壮阔
漫山遍野的黄色沃土
种植无数英灵
脱俗的岩石包容一切
冻结所有冲动
远离繁华与喧嚣

沉湎于这博大精深的神秘
我亦成为自然世界又一
难以破译的密码

想起一棵古槐

淡云隐没幽幽山峦
飘摇童稚时的乡野小调
我这颗酸涩的苦楝树籽
随漫游的季候风
遗落于大都市的街衢
明灭不止的红绿灯下
面对交通警察的威严
格外循规蹈矩
组合家具与茶杯与办公桌椅
锤炼了永恒的耐性
和城市居民的优雅风度
远离草帽和锄头
同泥土隔绝经年
已无法感受石头的坚硬
悠悠而动的自行车轮
碾碎电视新闻
全然没有焦灼

时常想起一棵古槐
朴素地伫立于南方小村的道口
等候苦楝籽的迟归
如在业已远逝的日子
时时刻刻

你想有个家

一卷铺盖一摞书，外加
一颗比其他同龄者灵光些许的大脑
圆睁惊奇之眼
携带一股咸涩的泥土之风
你从山野投入都市
投入油灯下许多不眠之夜的遥想
而一当遥想陡然降临
成为你的日常生活
那棵比爷爷还要年长的老槐树
那口永不枯竭冬暖夏凉的村井
严父狠命的揍打　慈母疯狂的爱怜
以及与小村有关的所有细枝末节
都使你眷恋无限
走在明亮如昼的夜的街衢
你似一只无头之蝇
毫无睡意但两眼迷蒙
掏出钥匙打开居室之门

面对妻的笑靥　小女的娇嗔
你直想亮开嗓门大吼一曲
我想有个家
有个同从前一样贫苦而温暖的家

温柔而美丽的伤感

山里荷花实属稀罕之物
可你偏叫这令人爱怜不尽的名字
面对你　面对你的爱子
直想上前亲你儿子一口
那颗核桃是否还在
那片核桃林如今果实累累
负重的枝头仍挂有
你当年渠水般清冽的笑声
你儿子紫色的裸背
飘散我童年的芳香
那时你是我娇小的新娘
而今沐浴你山村少妇的成熟之光
我一边脸颊升腾欣喜
另一边开放温柔而美丽的伤感
竖立黑土之上的麦苗丛中
隐现一个坚实的身影
你半嗔半羞地告我
那就是我家他

那乳香味儿在我心里揣着呢

青青藤蔓缠绕的篱笆
你为何这样局促
不随我走遍海角天涯
你应该最知晓我的心思呀
多么希望我的脚步走到哪里
你就延伸至何处
免去我作别你这堵绿色之墙
点点消瘦的离愁
随意虚掩的木门呀
你不用挽留
数日跑前颠后的狗儿
你也不要四处乱嗅
那乳香味儿在我心里揣着呢
这平常的农家小屋
没有那根长线
连接我城里那串电话号码
我已经受不住飒飒晨风
眼窝儿深痛

渡　口

从此岸到彼岸
只有晨曦
只有暮霭
渡不完的乡音
渡不完的趣事
渡不完我汩汩不尽的乡情
实实在在的乡路
在清清的水面上伸展
在乡民的心坎上，架起
昨天今天和明天的彩虹
无终无极
远去的游子
夜夜望断归乡路
在渡口　在梦中

时间的灰尘

从春天走到冬天
我身心疲惫
听街头依然喧嚣的
车声人声
不能相信夜已很深
独坐窗头笔尖生涩
流出的句子很不连贯
如哮喘病人的呼吸
让人揪心

时光从指缝间悄然跌落
好日子里长出的花朵
不知为谁芬芳为谁缠绵
想故乡的小屋
再也没有油灯的昏黄
父亲也不再只是
声声沉重的叹息
兄弟姊妹们是否围坐在

那台14英寸黑白电视机前
透过山峦的肩胛
品味山外的新鲜
母亲,唯有你的白发
随风漫游
飘落到我的案头
使我想起遥远的创痛
怀念只有我能领略的风景

时间的枝条远远地伸过来
于夜的深刻中
撞击灵魂最隐秘的部位
山中飘落的一片黄叶
辗转于都市的沉香
许久不知因何而舞蹈
时间的灰尘
早使思维失却锋利
只盼早降一场大雪
掩埋断裂的贫瘠

黎明到来之前
蜷缩在诗歌的一隅
我轻抚伤口

回想春天

于季节的悬崖梅花悄然开放
我荒凉干渴的双唇
吸吮梅的芳香
梅是冬末游荡的寒风
遗落的只语片言
我强捺自己不要轻易吐露
郁积一冬的窒息
时辰尚早
孑然屋檐的冰凌正自上而下
涓涓滴滴
春草池塘融雪之浅水
漾起早发的点点绿意
面窘绯红的桃花
已自南国悄然起程
于冰河之岸翩然降临
明明灭灭的早春之梅
散发无以抗拒的温馨

冬末之风如温柔的手掌
抚平昨日寒冰雕琢的
道道创伤

记得么,那个春天

记得么,那个春天
江南淋着淅沥沥的细雨
湿漉漉如同沐浴过的婴儿
乳燕编织春之图案且高声鸣叫
锋利的燕尾剪辑边缘
不为什么仿佛什么也不为
我这粗犷的北方的儿子
你这秀丽的南方的少女
走到一起并组成一个世界

记得么,那个春天
因了你我品尝到温柔
因了我你体验着豪放
江南的春天鼓胀着春的气息
你我蒸腾起青春的热血
芭蕉叶刚刚呈现嫩白
没有任何声响即使雨夜

棕榈树倒是摇曳不停
窸窸窣窣奏起相思之曲

想你会记得的
记得那个春天
春天的那个江南

假　日

如果他是城里的孩子
可能此刻正在家里认真看书
或许和同学们一起
正在公园里惬意地游戏
甚至,可能进行一趟
有趣的长途旅行

但他只是这贫瘠的山坳里
一个普通的中学生
此刻,背负着
如父亲脊椎般弯曲的木犁
他艰难地行进在
散发着温馨的故乡的田塍

虽然他的肩膀还很稚嫩
虽然只有五天短短的假日
虽然家里深灰色的圆木桌上
还留着那道未解开的习题

但是生活,要求他——
此刻,肩上这沉重的木犁

也许,在他蔚蓝色的心海里
正回荡着柴油机的轰鸣
也许,散发着汗味的旧枕套上
还停留着电机的甜梦
他是好学的,他知晓
那激动人心的现代化的信息
但是此刻
他必须和父辈们一样
——肩上木犁

和衰老的母亲一样慈爱的土地
对一切都是宽容的
宽容全家省吃俭用供他上学
宽容他给乡民们生动地讲述
那些山乡陌生而遥远的故事
甚至也宽容他——
假日,实习做一个农民!

清晨，地垄间

油菜花醉人的芬芳
轻轻地挑逗着
早晨这清新的空气
几个早结的油菜荚
在鲜嫩嫩的绿叶间
倔强而骄傲地翘起

站立地头的，如同
麦苗般鲜嫩的农家后生
正幸福地做着
和蚕豆花一样美丽的梦
他稚嫩清亮的哨音里
纷纷滑落下
将从五月麦穗上呈现惊喜

地埂上刚吐芽苞的狗尾草
正启迪一个个白色的信念

孕育秋后升腾的向往
它们专注地翘望着
眼前油菜花的金黄
快快变为农舍里飘逸的清香

太阳犹如害羞的少女
忸怩地慢慢启程
东方布满绯红的早霞
连同温柔轻拂的春风
和后生乌黑的头发一起
正亲昵地讲述一个童话
一个将发生在后生这代人身上
辽远而新鲜的童话……

山村夜曲

浸透泥土气息的暮霭
剧烈地扩张
像一床厚墩墩的棉被
想把古朴宁静的山庄
捂在一个暖融融的穹隆
温情的月亮
从树梢上探头张望
乳白色的柔和的光线
洗濯树荫下
一句句羞涩的情话
和众多顽童斑驳的梦呓

只有大山
倔强地昂着头颅
习惯地挺起厚实的胸脯
肩挨肩地站立着
托起深广的青蓝的天宇

让熟睡的山村
和偎在怀中的温暖的鸟巢
都有一个馨香的甜梦

炕头
那忽明忽灭的烟锅里
萦纡一个向往——
秋后
和丰收一起
将走进儿子的幸福
他老汉一个莫大的心事
也将随之欣喜地了却

啊,山村的夜
一支温柔的小曲
犹如潺潺的溪水哟
从山口向宽阔的山外
缓缓地漂流、漂流……

江南印象

江南呀
你半月形的拱桥下
驶过缓缓而行的乌篷船
船上头戴竹笠的中年男子
嘻嘻哈哈用恼人的话语
把河边洗衣妇们的脸庞
羞得通红通红

江南呀
在无边无际的绿毯上
星星点点地缀饰着
一个个露出青灰屋脊的
绿树掩映的小村呀
窈窈窕窕的江南女子
进进出出　袅袅娜娜
显示古朴而清新的美丽

江南呀
你悠扬的村野小调
时常翻过山脊　越过高岭
四处远播呀
男声粗犷　女声柔和
使人振作　使人痴迷
使人时时想起那
似清非清的羞涩呀

江南呀
你的鹅黄　你的碧绿
你所拥有的一切
都令人依恋　令人怀想

南　方

南方是多雨的南方
温馨的迷蒙中
游移一顶顶
折叠伞　晴雨伞　甚而红纸伞
笑声和飘荡的歌声
透出一缕缕江南的喜悦
古旧的楼台
在雨中安然伫立

南方是多情的南方
南方少女款款而行
凸现苗条　凸现丝丝温柔
南方少男个个健壮
尽管全都被那股缠绵风化
但他们还自诩倔强
自诩为堂堂的男子汉

南方

椰树橡实满含诱惑

南方的土地呵

储满生命的基因

南方人以南方为骄傲

走——向——北——方

沿途洒满相思　洒满牵挂

北方人以北方的豪爽

来——到——南——方

充满迷茫　充满新鲜

有一天他们会于不觉中同化

因为南方是深情的南方呵

南方是亲切的南方

江南夏夜

蒲扇
扇出世代传诵的古旧的传说
扇出白日的辛劳和燥热
一声叠一声的笑语
掀动渐渐冷却的气氛

江南夏夜
蛙鸣清脆时起时伏
萤火点点明明灭灭
露珠儿悄悄爬上草尖
旷野笼罩静谧

知了不堪孤寂
夜空的幽静里,不时
掠过枭枭嘶鸣
谁家的收音机忽然拧开
长篇连播《林海雪原》悠悠飘出

那里正大雪纷飞
使人想起北国
想起冬天

天空深蓝深蓝异常高远
月亮的清光也格外柔和
村后的湖汊里
几只小船
正捕捞鱼儿
捕捞甜蜜的悄悄话儿
年轻人总想收获
他们的确也总是丰收

独挂枝头的红柿

秋风已过
在这喧嚣的都市
在不知名姓的户主的院落
一颗小小红柿
独挂枝头
是那种艳艳的猩红
将冬晨的寂静与萧索
推出好远

你这质地爽滑的果子
为谁远眺
为谁伫立光秃秃的枝丫
难道你忘却了季节
忘却了归乡的路途

仿佛寒夜里的一星炭火
你流溢的那股温暖

让人驻足良久饱含热泪
只是你是否知晓
那么多兄弟好想你
在故乡的柿林里

椰　树

娉娉婷婷。大海的湛蓝
和沙滩的白炽
成为俊秀的背景
你昭示南方的美丽

难道南方
只生长柔情　生长温馨
大海的汹涌与壮阔
和鸥群的声声急切
使你的蕴意
前所未有地丰满

高悬的椰果
以沉甸证实南方的厚重
南方，南方的土地
一个清新而丰盛的主题
在你身上呈现

苹 果 树

苹果树
五月的苹果树
你以迷人的香馨
浸透世上所有圣洁的魂灵

远方的钟声响了
你想,那又是一次出征
你默默地祝福
为所有出征的人

美丽的牵牛花,和
那束标志怀念的紫丁香
向你频频地致意
你给他们回以饱满的微笑

苹果树的五月是美好的
没有寒流　没有阴雨　没有凝云

有的只是阳光　只是幻想
五月的苹果树充满柔情

一群男孩和女孩，走过
苹果树下，在一片绿荫里
他们驻足翘首瞭望
那上面只有五月　只有欣喜

旷野里，阳光里
伫立着苹果树
伫立着五月的希望
伫立着收获季节沉甸甸的期待

中国有个小村叫小岗

中国有个小小村庄
名叫小岗
花鼓声声
震得人心儿乱颤
背井离乡的人
把眼泪和辛酸
抛洒江淮两岸
把一个小村的名字
和“穷”字一起
一路传扬

中国有个小小村庄
名叫小岗
还是伟人说得好——
“穷则思变”
摇摇欲坠的茅屋里
幽暗昏黄的油灯下
十八个手印

十八团熊熊燃烧的火焰
十八户花鼓之乡居民的身家性命
十八颗投向饥饿恶魔的重磅炸弹
再也不愿受贫穷奴役的人们
终于挺直了脊梁
温暖的阳光下
金亮的小麦和水稻
自此饱满地生长
崭新的楼房与村庄
因之骄傲地崛起
小岗的英名
和“大包干”一起
亮遍神州

中国有个小小村庄
名叫小岗
中国，从小岗出发
历史，从幽暗昏黄的油灯下
迈出早春的步伐
一个觉醒的中华
从小岗
从小岗的黎明
向未来挺进

绣

跳下来，跳下来了
从祖母的手上
从锋利的剪口上
只只受惊的小鹿
头头健壮的水牛
株株挺拔的松柏
朵朵盛放的花儿
接下来，条条
弯弯曲曲粗粗细细的彩色小径
不断地，缠绕到
大妹天蓝的书包上
小妹大红的肚兜上
祖母自己的小脚鞋上
和并不太富有却无比充实的生活上

山　歌

仿佛清亮的山泉
婉转缠绵山间
细妹子又在唤她阿哥了
那泉飞溅山坳那边
引来阿哥林啸般的急切
泉韵和森林的号吼弥盖山峦
集结成纯净甜蜜的云块
投影于满目葱绿
山峦汹涌火辣辣的情愫
森林绵延不尽
代代细妹子代代阿哥
唤着吼着绵延不尽
那泉从未干涸　那吼从未断绝
泉声吼声汇集的大河
流淌出代代纯净的山民
我驻足聆听良久
依稀回到尾随阿哥阿姐们摸秋的
不谙世事的童年

父亲从乡下来

你的脊背深深佝偻着
我真不敢相信
那就是我曾栖息的礁石

离开泥土太久远了
我感到已是一棵无根之萍
是你又让我进入泥土的醇厚

你说化肥农药种子涨价了
乡提留村提留涨了
只有粮食价格跌了
你说村里机耕路越来越瘦
小学堂的病越来越重
发财的只有村长的小店

你说现今水利没人管了
早先修的水库水渠干涸了

只有水利费还年年照样有人收
你说青壮年都外出打工了
村里留下的都是老人和女人
反正地里长什么都无所谓

你说家里准备起楼房
这辈子就这么件事儿放心不下
跟媳妇好好商量商量支援支援

父亲在书房里跟我絮叨着这些
书架上挤满一排排红脸汉子
他述说的这一切它们全然不懂

在异乡，我是一棵无根之萍
孱弱之手没能让父亲走出贫困
泥土里生泥土里长的我也该脸红

一个人和一条路

他诞生于山的世界
他没见过路
但他总觉得应该有条
通向山外的路
于是,他出发了
在一个漆黑的夜晚
当他走出山的家族
曙光已使一切变得清晰
他的所有意念
也突然前所未有地丰厚
在他走过的路上
留有两行依稀的足印
对着山外的生机
他留恋地最后看一眼
他要走出去
他要使他的足印
能够变成一条

宽阔而踏实的路
使山里人,都能够
知晓山外还有另一世界

于是,宁静地
他又走上了来路
只是姿态比来时潇洒

乡下女人

从小溪边此起彼伏的捣衣声中
我以童心最初认识你们
(而那时溪边的鹅卵石
更能引起我的兴致
为此我常常后悔)

花头巾紧系于你们的头颈不会飘拂
你们长长的发辫
(那错落有致乌黑乌黑的发辫呀)
也包裹在头巾里连同思绪不能飘拂
你们的美丽深藏在躯体(深深地)
素洁作为传统　你们打扮但从不格外显眼
但身材苗条结实　你们的美丽最终掩饰不住
在南方在北方你们的红纱巾依然满含诱惑

你们爱男人恨男人爱儿女怨儿女
都只有真挚并且根深蒂固不会风化

男人的拳头砸在脸上砸在心上你们流泪
你们狠狠诅咒　什么话也能骂得出口
但如果真有那一天你们的哭泣会使上帝落泪
你们懂得温柔　男人的刚劲往往被剥蚀　你们兴奋
在一起嘁嘁喳喳　你们得意你们交换私房话
儿女从来都不温驯(祖祖辈辈从未温驯)
淘气后你们远远地追赶但总也赶不上
狠狠的一顿揍而后又陪着儿女狠狠地哭
你们的爱你们的温情都显得有些特别
你们生长在土地　土地从未亏待过你们
泥土依附于你们的手臂你们的腿脚　你们勤浆勤洗的
　　衣裳
沉重的柴火沉重地压在你们的背脊
灶火映红你们的面庞你们演绎香喷喷的深情
年三十把敬神酒敬神饭恭恭敬敬端上饭桌
而后仿佛受了神的启示　一年四季你们尾随男人苦苦
　　地挣
当收获沉甸甸黄灿灿甜馨馨地涌动在田野
站立田埂站立地头你们含嗔地对男人说“你真能”
仿佛一切都不属于你们　但一切离开了你们就不复存在

从小溪边此起彼伏的捣衣声中

我以童心最初认识你们
(你们是一棵棵枝繁叶茂的雌性树
根须深植于土地　硕果缀饰高高的秋空
一粒籽儿的我因你们的孕育而储满你们的基因
我萌芽生长并飘摇远游　但总也忘不了忘不了你们)

山 妹 子

唢呐声远了
山妹子
连同她渐成红点的纱巾
连同那队热热闹闹的人马
全都远远地去了

山妹子俏呢
人们都把她比作山菊花
山菊花长在山中
浓醇的香味能醉倒山野
山妹子人缘好呢
红辣椒鲜黄瓜嫩茄子
时不时送上五保户王奶奶的灶台
山妹子连伢子都喜欢她

山妹子是块磁铁呢
众多后生娃的目光

磨亮了那扇黑漆的大门
那条陈旧的木头门槛
不知磕绊了多少双脚
山妹子心里有了人儿呢
她为那人洗过衣衫
缀过纽扣交过心里话
那人和山妹子心里甜呢
但山妹子不是他的呢
山妹子是妈的是爸的
是媒婆弹簧般的巧舌的
是那令人眼花的彩礼的
山妹子定亲了
山妹子要到远远的山外去了
山妹子哭了
姐妹们都为她哭了
那人也悄悄地哭了

唢呐声终于远了
山妹子终于远了
山妹子永远离开山里了

美丽的哀婉

不知起自哪朝哪代
故乡的红装女子
在你走向新生活的开始
在你将为人妇的启程之时
那哗然之泪如丝如雨如瀑
流自你的心湖
流向父母的依恋
流给众乡邻兴趣盎然的观赏
仿佛是台古装戏
母亲演过女儿再演
制造那美丽的哀婉
透过凄切的薄纱
我瞥见山乡女子那抹渴盼
那是一道炙热的红色之光
农家生活因之容光焕发
傍依新郎的出嫁女
倾吐那山歌般动听的哭诉
混和着唢呐无名之曲的伴奏
吹着打着美丽地哀婉着
走向播种和收获

我们这对孪生兄弟

伫立春天麦地的边缘
透过黝黑的泥土
我看见你这土地的精灵
秋天种下的麦子
父亲喃喃地说些什么我没在意
麦子,你同我一样
都是他的宝贝儿子

你真是父亲虔诚的孝子
日日与他相守相聚
而我又将远离
微风拂动母亲的碎花头巾
这是她向我们这对孪生兄弟
昭示的殷殷旗语

我迎上前去轻洒一把泪花
兄弟,这掬涩涩的咸水
你就喝了吧

山里孩子

白桦树建筑的
这座房子
是你心中的整个世界
你同爸爸相依为命
妈妈是何模样
你毫无印象
（黑熊在一个黄昏将妈妈带走
爸爸说他如果找不着这头黑熊
你要继续寻找）

你从未走出这座房子
爸爸真厉害
发脾气时脸色铁青
（像你从门缝里窥见过的
那堵高高的岩石）
你不怕黑熊真的不怕
你希望黑熊再次光顾
（你想看看对手到底如何）

这座房子
这艘白桦船
使你觉得安全
觉得憋闷
爸爸的猎枪乌亮乌亮
爸爸的铅弹很沉很沉
爸爸明天就要带你出山
你真想出去走走
出去透透风
你想看看爸爸竭力赞美的大森林
是否真的如他所说的那般美丽

你至今还没有自己的名字
但你有猎枪一般高了
你也将同爸爸一样
成为北方森林里
一位剽悍的猎手了

从山里走出的作家

即使,西装套在身上
领带系在颈脖上
新式皮鞋闪闪发光
你仍然是个山里人
你依然闪现家族的影子
你走到哪里这影子跟到哪里
只要一开口,便能
听到你父亲的声音你祖父的声音
即便你说的是English
这声音也注定无法改变
乡人们说你家祖坟祥云高照
故而你到了城里
故而你不用同他们那样
面朝黄土背朝天从土里刨食
当你提起灌满才华之笔
把穷得叮当作响的小村
写得如花似玉美若天仙
心里却在有意无意地嘀咕

多谢祖宗保佑让我离开了那里
面对镜子里尊贵的面容
你看见列祖列宗正迎面走来
齐声骂你是个不肖子孙
家族的荣耀在你罪孽深重的笔下
黯然无光

除　夕

积攒了一年的欢乐
连同昔日的苦闷
都爆响在
那向往已久的火花里

在春天和秋天叠印的田野
抛洒了热切的希冀
收获
和惊异一起
走进散发着香馨的农舍
变为神奇的半导体
和手腕上发亮的太阳
以及那陌生的淡黄的存折

富有节奏的锣鼓
逗引着活泼的龙灯
如同具有磁石般的引力

吸引了全村人的心
通红的烛光火光
滑过所有漾着欣喜的面庞
神思和欢声一起
随火光穿行于人间天上

谙熟的黄梅小调
震颤每颗纯净的心灵
孟姜女的不幸
勾忆起往昔残留的余梦
舌尖仿佛分泌出
今日生活芬芳
一月到十二月的农事
也变成潺潺的溪水
漂流向悠远的异域他乡……

庄稼人的聚会

黄梅调裹挟着成熟的秋风
卸落庄稼人的疲惫
一部电视连续剧
使山里人亲见了严凤英
证实了诸多辗转而来的传奇
而山里的严凤英比比皆是
你瞧台上那王家妹子
论唱腔论身段论那清亮亮的眸子
都能与凤英大姐一比高低
唱罢《夫妻观灯》
再来一段《打猪草》
直唱得后生们心里甜丝丝的
年长者惬意地竖起大拇指
销农具的卖甘蔗的炸油条的
俨然在赶大集
来兄弟抽口烟
哎老哥今年收成咋样
这是庄稼人难得的聚会
置身其间，我
成为一茎土生土长的稻穗

唢呐声远了

唢呐声远了
幸福不属于你也不属于我
今后的岁月里
缠绵的苦痛
会深深根植于我们的心海

古朴淡蓝的炊烟
已萦纡多少个世纪
但那古朴之遗风并未风化
你不敢说出那句烫手的话
我也不敢
远远的一瞥和井台旁的磨蹭
只有你我心里明白
在山村的古朴里
我们的意愿只能萌芽
不能生长

唢呐声远了

我这山岗伫立的少年
只能呆望你那
渐渐变成红点的纱巾
纱巾再也不能飘拂
心儿也只能储存清冷
红色所昭示的火热
属于下一时代

唢呐声远了
古朴的调子里只有凄凉
麻木的情感何时复生
不艾怨你不艾怨我
只艾怨那块砝码太沉太沉
唢呐声远了

天 仙 配

七女从天上来董郎从荒郊来
槐荫树做了证婚人后来又开不了口
在田垄地脉炕头灶台
一代又一代爱情庄稼人传颂不败

只有把生命交给最卑贱又最高贵的田禾
只有让收成走过伤痕与老茧
只有用淋漓汗水滋润和喂养土地
只有这样的人才能哼唱出黄梅的原汁原味

秋光如银笼罩沉甸甸的晨野
“哪怕你天规重重活拆散
天上人间心一条”
乡妹地道的黄梅调投入而抒情
那精彩部分的缠绵刚劲扔在了弯弯的乡路

秋光如水透过庄稼的茎脉散发馨香
收工的小伙拾起路上蹦蹦跳跳的音符

如同拾穗他感到篮子的分量越来越重
冷不丁甩出一句“夫妻双双把家还”
“要死呀” 乡妹头也不回立住脚
秋光如银如水迷蒙了的步子有多快
秋夜的田野下起了稠密的爱情雨
这现代黄梅可比城里演的电视里放的地道

七女从天上来董郎从荒郊来
乡妹小伙都从现代生活中来
在家园没有非得拆散他们的天帝
并不完美但却朴实地歌唱着真是很幸福

黑娃带着女朋友回村了

黑娃现在不叫黑娃呢
他另有了文气的名儿呢
他把山里的事儿
都写进书里了呢

黑娃的女人(人们这样叫)
真的嫩盛呢
脸儿那个圆那个红
没法儿比呢
身段苗苗条条的
头发儿卷卷的
眼睛黑亮亮的
黑娃真个有福气呢

黑娃和他的女人
大白天在村头并肩走着呢
村里后生们羡慕的眼光

滴溜溜在他们身上直转呢
老人们也不讲闲话
因为他们是城里人呢

黑娃的女人讲话真甜脆
可山里人听不懂呢
她是大城市长大的
但她会扫地打猪草洗衣服呢
黑娃爹这个很难开口的人
也直夸儿媳妇好呢

第五辑

如歌散板

缤纷的思绪滋养了旅行者的疲惫，在沙漠沉静的律动中旅行者终于成为永恒的思想者。

陶罐变奏曲

古中原。

恐龙蛋散发着飘忽的温热。剑齿虎焦灼不安地踯躅徘徊。野鹿群席卷着斑斓的色泽似洪水般奔涌。

这是一片沉睡着的荒原。

黄色素主宰了一切。

大森林哪里去了?

只有浑浊不堪的黄色河流滔滔东去,如同破裂的血管,从黄色的龟裂的肌体涓涓渗出。

一个被染黄了的故事自此日夜不停地奔向东海。

奇迹终于诞生了。

古中原黄色的土地上,一个新的世界在崛起——长臂猿的家族里,一个直立者的形象举起石块举起木棒燃起篝火燃起历史的曙光——在东方。

以玫瑰红为背景,在这块漂移的大陆上,生命从此真正地诞生了!

一切微笑一切欢欣所有痛苦所有不幸自此有了开端。

东方龙的图腾在躁动萌芽。

一双手。

昨天，这双手在树枝上呈现敏捷，在大地上支撑沉重；而今天，随同那直立起的伟岸身躯，这双手已高高悬起。

十指在庄严中不断延伸。

神使般，延伸的手指抓住了黄土地黄色的泥团，几经搓捏，一件伟大的杰作问世了。

火。

那希望之火，熔炼了一只雏形一个不凡的奇迹。

浑黄之水盛入那业经淬火的黄色器皿，这昭示希望昭示未来昭示生机的器皿呵！

一个黄色种族的宿愿终于栖息于温馨的归宿。

少女。

围着鹿皮裙裾的少女呵，在流过村落的黄色河流之岸，你壮壮实实的手臂托起黄色器皿托起沉重的历史碑座，你原始的美丽向古中原展示原始渴望。

古中原原始的优美曲线凸现原始冲动。

黄色种族在黄色的土地上一代又一代兴盛地繁衍。

遥思先古。

黄色河流冲洗去历史篇章的所有细枝末节。

只有那古老的陶片，在红色绸布的映衬下，被一张爬满方块字的苍白纸片所导引——用古老的陶片镶嵌而成的一个古老的形体。

黄肤色种族的代代子孙只能以想象遥思浩渺的先古，一往情深而奋勇直前……

龙和龙的后裔

洪荒的远古。水，给一群大地之生灵带来无穷无尽的磨难与艰辛。于是，一位掌管水的法力无边的神灵——龙，就被塑造出来并被顶礼膜拜。

这群大地之生灵便自诩为龙的后裔，龙，成为他们倔强与意志、信念与追求的神圣象征。

从此，在这块浸透着痛苦与辛酸的土地上，这群龙的后裔书写着他们可歌可泣的编年史。他们的黑头发、黑眼睛和黄皮肤在龙的辉耀下，显示出崇高的价值和尊严。东方土质丰厚的大地，一个又一个辉煌的故事相继流传。

也曾有过一些自以为是主宰水族、主宰所有生灵的“龙体”。但流着血汗也流着眼泪的真正的龙的后裔们，却将这个“龙体”打翻在龙的宝座，使他们显露出可耻、卑劣和腐朽。

龙和龙的后裔们，成为一组屹立于东方大地的浮雕，向无限的空间和时间，展现掩埋不了的历史，预示布满荆棘也盛开鲜花的崭新的未来。

土地，和土地上的人们

纵横坎坷而又广袤深厚的土地以其无边的豁达，包含了世上所有真切的意蕴。清晨或黄昏以其玫瑰红的富丽装饰一个美好的新生或结局。阳光以其巨大的能量，照耀着积存着黑色素丰富的土壤，滋润叶绿素所构造的新生。

生活在土地上的人们和土地一样深厚一样诚实，当土地呈现出绿油油金灿灿沉甸甸的收获，他们只会咧开那厚重的嘴，露出孩子般天真的微笑，然后搓一搓粗糙的大手，继续加劲地劳作。

这群弓着和木犁一样弯曲的腰身的人们，在土地上匍匐过一辈子之后，最后用仅剩的一口气断断续续地向后生们说："先人……土地……好好侍弄……"一代又一代和土地一样质朴的遗训代代相传。

土地，连同土地上的人们，一个个沉重的故事都已过去或正成为过去，一个个全新的主题正在诞生或即将诞生。土地作为坚实的书脊，串联起土地上这些质朴的人所书写的厚重的史册。

响亮的地平线

乐声的波浪隆隆耸起，在东方，在东方响亮的地平线上。

一座俊美的雕像，成为地平线的背景，成为乐声的主题。

这是一位年轻的思想者。他那紧闭的双唇，严密封锁着荡人心魄的诗魂；那平静的前额，深深掩藏着出人意料的想象和发人深思的哲理；那乌青的卷发，仿佛正随着乐声轻轻拂动……

一位少女默然伫立于雕像前，她为发现这尊令人刻骨铭心的雕像深深欣喜。她的耳畔，传来轰隆隆的音乐的潮声……略一踌躇，她转身走向远方……

地平线上，更为猛烈的激情在喧响。雕塑和太阳一起，开始演奏更为猛烈的下一乐章。

这一切，都发生在早晨，在东方，在东方响亮的地平线上。

冰　河

是什么扼住了你的歌喉，是什么封冻了你跳跃的浪花，沉默的冰河？

太阳失去了往日的热情，躲在云那边，痛苦地抽搐着，散发不出一丝温暖。

徜徉你的两岸，我追寻你残留的哪怕只有一道小小的缝隙，哪怕只有一点静静的运动。然而，我寻到的只有失望，只有沉沉的顾盼。

你那么多的喧哗和激动、愉快和期待，乃至忧伤，难道就这么被严冬的寒冷桎梏住了么？

不。前方，一条粉红色的纱巾在萧萧寒风中跳动——如一剪寒梅，在雪后荒原描绘生命的顽强；似南国灿然开放的一朵素馨，预报春的脚步。

那是一团炽热之火呵，静默的冰河，它能融去你沉重的白色铠甲，使你重新勃发希望之光！

夏日的小河

初夏的小河，是一个赤裸着身子的小男孩。

为对夏日的酷热做一次有味的嘲弄，这小男孩从山涧里，从屋檐上，从翠绿翠绿的树叶尖……俯——冲——而——下，在蒸腾着热气的旷野没命地奔跑。

一粒粒刚劲的雨滴，砸在小男孩富有弹性的肌肤上，砸出一个个亮晶晶的此起彼落的泡粒。可小男孩毫不在乎，继续在充满热气和泥土腥味的旷野没命地疾跑。

一个小男孩，又一个小男孩……众多的小男孩，组成一支浩浩荡荡的队伍，齐心协力地向前奔跑，一刻也不停留。

这是一群赤裸着身子的小男孩，奔跑中他们逐渐成熟，逐渐成为未来剽悍的父亲们。

冬日的河床

昔日的激情被寒冷严密地封锁了。

只留下这些陈迹，成为人们的忆念，成为曾经光荣过的历史的印记。

粼粼砾石和堆堆残沙，构成这具苍白的瘫痪的躯体。那不屈的意志、那奔腾不息的信念、那轰轰烈烈的疯狂、那振聋发聩的喧响……一切，现在都处于昏眩。

然而，自然威严的法则正昭示另一次坚决的叛逆，更为猛烈的激情正在坚实的大地深处点点滴滴地聚集。曾有过的一切，都将复归到这只有生命的顽强才能统治的神圣领地。

冬日的河床，你好好孕育吧，相信你汹涌的激情，会冲刷出一个关于“河”这一概念的全新的演绎！

里 程 碑

默默地兀立着，在路旁。任连连绵绵的希望在蔚蓝的天空下，沿着起起伏伏、弯弯曲曲的路面，向广袤的原野无限地伸展、伸展。

车辆、人流、喧闹声和颠颠簸簸的岁月，从你的凝眸中陆续通过，为标示那依次递增，抑或依次递减的数字，在等距离的热切的相思中，你显示着质朴与平凡。

我愿，我也是一块里程碑。

我愿，我也能做一个公正的目击者，洞察这相继走过的一切。

我愿，我也会成为一尊不被人记起而又永难忘却的神圣雕塑！

古　松

你巍然伫立着，在村口、在这远离都市生活静谧的一隅。

一片片鳞状的树皮，爆开黝黑，爆开黝黑的沉默。历经烟尘的熏烤，你昭示远古时代不灭的遗迹。

那口悬挂于你枝丫的沉重的古钟，已多年无声无息了，只是每当暴风骤雨来临之时，偶尔还叮叮当当，仿佛不堪死寂，不堪独守着沉积的孤愤。

从未走出这狭小世界的飘着银须的老者，常常在你的荫蔽下指点着、比画着，给后生们讲述那不知在多少代人口中流过的泛黄的故事。

一天，后生们终于看到一个震惊山村的奇迹——两根亮闪闪的银线，从你茂密的枝叶旁边穿过。晚间，一颗颗灿烂的白炽之星照亮了山村千百年来一直黝黑的史册。

终于，后生们敢于抬头用挑剔的目光望着你，敢于对老者们讲述的那些古老的故事仔仔细细地想一想，再仔仔细细地思索一番。

古　塔

只为一个没有起源的故事，你伫立于此，以哲人的目光俯瞰脚下流动的浩荡人潮。年年如斯，月月如斯！

你悦耳的铃声早被时间偷去，你昔日的辉煌也被风雨剥蚀得全无踪迹。如今，你同破落一起，作为一种象征，一个远古时代的残迹，只能偶尔游弋于那些豁了牙的苍老的嘴里。

或许，建造你的人们，最初并无过多的寓意；或许，只是某一不甚明确的意念后，人们才拥有了你，拥有了这残破的古旧与无法清晰的启迪。

你伫立着，年年月月如斯。

面对推土机的轰鸣，你淋漓尽致地显现着虚弱。

小　村

长满青苔的灰瓦和泛黄的土坯支撑着一个古旧的穹隆，仿佛时时在向世人昭示：曾有那么漫长的一段历史。

邻近村外疾驰的列车，不时急切切地传来声声令人揪心的焦急；

后山那边的江堤，那沟通南北的蓄积无数岁月的设想，随钢筋水泥的构架，正一步步向江心伸展；

傲然绿树之顶的电线在风的弹奏下发出铿锵的和鸣，睨视小村发生的一切；

村头一株株白杨如朵朵扶疏的绿云，在流金溢彩的阳光里不断漫出半导体传播的电讯；

陈旧古朴的木质门框里，不时蹦跳出一个个穿红着绿的孩子……

……小村，你的色彩，在这历史鼓点撞击下，正日益走向丰富……

晨　光

原野以其博大的胸襟,兜揽了漫长漫长的静寂。雄鸡那声撼动人心的啼鸣,牵动东天又一次潮汐的绯红——晨光降临!

这是一个好天气。

曾有过暴风也扫不去的淫雨,阳光也驱不散的雾霭,烈火也无法消融的冽凛。而今天天气很好。缕缕浮云携带一方温馨,轻拭覆盖原野的苍茫天穹。风的裙裾微飏,扬起使所有生灵都为之动容的诱惑。

没有钟声悠扬的声浪,没有赞美诗动人的祷唱,一切都显示着平常——这本是一个平常的日子。在一切如常的平和中——又一次晨光降临。

晨光带来又一个平常的日子。众多平常的死亡和诞生,众多不动声色的更新交替,都在这平常的氛围里演绎一部不平常的史册。

因而晨光姗姗的步履如此沉重。因而晨光令人激奋。

新春的乡野

我站在新春的乡野。

随同春风一起荡漾的笑声的波韵,如同年轻的母亲搂抱婴儿,紧紧地搂抱着那枚鲜红鲜红的太阳。

旧簿本裱成的只只风筝,拽着片片爽心的碧绿,一摇一摇地升向那向往已久的天宇。

不知是谁放了几只彩色气球,将天宇点缀得五颜六色,越发清新而美丽。是呵,往昔这旧抹布般的图案上,也早该染上几点异样的色彩。胸怀豁达、满怀深情的土地,对这里发生的一切都不会嫉妒与陌生。

耕作者如同一个个着色之点,组成一束束漫长的意味深长的省略号,深深地渗进散发着香馨的泥土。等到含笑的秋天,土地,会舒心地显示出那些被它省略过的所有台词。

这是新春,是新春透明的乡野。

新春的气候是多情的,新春田野里的笑声也格外温柔。我愿这样站着,久久、久久地……

春日黄昏

夕阳于起起伏伏的山脊间，呈现那不规则的红晕。一缕缕余晖，于斑驳的云块上，涂抹富丽的色泽。

缭缭绕绕的炊烟，从青灰的屋顶上袅袅升腾，一声声古朴而平和的呼唤，使田野里的人们从四面八方，走向那属于自己的温暖的穹窿。

小麦的碧绿和油菜花的金黄，正准备接受春夜的亲昵。春日的黄昏，预示一切生机，将于无声里进行一次新的生长。

田埂上摇摇晃晃的鹅群，以悠悠方步不紧不慢地踱着恬静，牧鹅女急急的吆喝声反衬着揪心的迫切。

铃　声

在屋角那只我幼时的玩具箱里，妻子拿出我曾戴过的缀着银铃的手镯，摇响那悦耳的清脆——这黏附着母乳幽香的清脆，一直飘至我遥远的记忆里。

妈妈，你听到这铃声了吗？

我可以想象——当年，你侧卧着身子，轻轻伏在我的摇篮上，我用手不停地在你大地般宽阔的胸脯上摸动。那随着我的小手起起落落的铃声，是我一声声亲切的呼唤呵！

而今，我的女儿又摇响这久已沉寂的清脆。仿佛那并不遥远的一幕，又叠映到我的眼前。

这铃声，这清脆的铃声……

海边的孩子

天天放假多好——渔村的孩子,个个有着这样稚嫩的愿望。他们还没完全弄清,渔村的明天,最需要他们具有的是什么。

男孩们崇拜父亲,崇拜他们洪钟般的嗓门,和那圈浓黑浓黑的胡楂。有时,男孩们也用墨汁在小嘴边重重地涂上一圈,可令人气恼的是这圈黑迹并不扎人。女孩们崇拜母亲,崇拜她们插满野菊的长长的秀发,和那蕴藏无尽温柔的胸襟,可女孩们并不知晓“母亲”一词的确切含义,和作为一个渔村女人的所有艰辛。

假日,海滩因了这些男孩和女孩沸腾了。他们那如同贝壳般多姿多彩的幻想,在海滩上一个接一个地筑起。他们是海边的孩子,海边的男孩和女孩,是渔村的今天和明天。

河岸，一朵雏菊

浩——浩——荡——荡。

黄河，亿万斯年以她雄奇的英姿浩浩荡荡地向着东方，向那蔚蓝博大的归宿——流淌。

一朵雏菊，在散发着甜馨的微风中轻轻摇曳。那令人赏心悦目的淡黄色的新鲜，绽放着黎明和黄昏，绽放着与黄河相映衬的遥远而清新的美丽。

河道蜿蜒，河道蜿蜒。雏菊，如同一颗璀璨的星星，顶起那振奋人心的喜悦。使人想起古陶片，想起随同古陶片一起流逝的历史。

呵，雏菊，伴着一个民族的灵魂，你将所有的期待所有的希望都投向黄河、又随黄河一道滔滔奔流——向着东方那广阔无垠的湛蓝。

故乡的杜鹃花

红的、蓝的、紫的、黄的……色彩缤纷的杜鹃花，灿然绽放于故乡的田埂、道边、溪旁和山峦。

杜鹃花，你在故乡的土地上，年复一年地开放而凋谢，凋谢又开放，那殷红殷红的血丝，一滴、一滴地落在你柔润娇艳的花瓣上——难怪我故乡的杜鹃花呵，大多闪烁着那醉人的火红的光芒，照亮故乡一步一个脚印的里程。

杜鹃花，故乡的杜鹃花，春天理所当然地是你的季节，冬天的冷漠、死寂、寒冷与荒凉，全都被你驱逐在村童手里，你以自己母爱般的芳馨，孕育下一个个稚嫩的善良的思想；在农舍里，你以天然的真切的美貌，占领一个个纯真而朴实的心室；在村姑乌黑粗壮的发辫上，你以你深深蕴藏着的娇媚，显示着乡下少女蓬勃向上的青春的瑰丽。甚至，在一双双黝黑龟裂的泥脚下，你也以你火热的恋情，把它们当情人一样紧紧、紧紧地拥抱……

呵，故乡的杜鹃花！你和希望、光明与美好一起，生长在故乡的土地上，生长在故乡所有老人和少年、男人和女人的心上！

故乡的菩提树

故乡村头涓细的小溪旁有棵老菩提。

菩提那乌青斑驳的树身上刻满一圈又一圈艰辛的年轮。原先从茂盛的顶端分出的三枝粗壮的枝丫，只剩有两枝了——其中的一枝在一个满布风雨的夜晚，被雷和电闪合谋而陨折了，那永远不能愈合的伤口，渗出一滴滴乳白的浆汁，凝结为冰凌般的白粒。

菩提老了，它确实老了。可它的那颗心仍很年轻，我仿佛能感觉到那颗苍老而年轻的心脏在频频跳动。

离开故乡时，我远远瞥见老菩提萌生出的根根嫩绿的枝条，在微风中轻轻地抖动着，仿佛是它给我的舒心的微笑，仿佛是它在向我轻声地祝福："珍重呵，珍重！"

……至今，在我缤纷的睡梦里，仍时时出现故乡那棵老菩提。随着岁月的流逝，它反倒越发真切……

生日断想

当我的第二十五个生日黄昏的落日，重重地跌进夜的温馨的甜梦，我那饱含希望的风帆，便升到一个新的高标，具有了更新的瞩望。

与所有圣人先哲和“愚人”一样，来到这世界，我的第一个献礼，就是没有缘由的狠命的哭啼。

沿着哭声铺设的小径，我开始了在这纷纭世界的踉跄学步。

山村被开水浸泡过的苦楝果仁，曾涂上我干裂、黝黑、枯黄的小手（据说，苦楝果仁能治愈伤裂）——那是被寒风和灰尘合谋残害的一双小手呵！

因缺乏奶水而发育不良的我，就是这山村贫瘠的土地和岁月慢慢滋长的一颗艰涩的苦楝果。

父亲挑着我的行李、书籍和幸运，走出度过我童年和少年的贫苦的山坳，历经汽车、火车和轮船的颠簸，我这颗艰涩的苦楝果成为山乡投向陌生的山外世界的一个邮件，结识到商场、街心花园、伦巴、迪斯科和山村渴求已久的知识……

当我的姓名——一颗山乡结出的艰涩苦楝果的代号，连同山乡带有泥土香味的生活一起，变成赫然醒目的铅字，演绎为橄榄般的诗句，我和我的山乡，都一齐张大了万分惊讶的嘴巴。

第一次公开了我们自己！

女儿呱呱坠地的哭声，又铺展开另一条道路。

我不由得想起我勤劳敦厚的母亲……

当我在母亲面前挺起比她还高出一个头颅的男子汉的身躯时，我多么希望她把信赖和生活的沉重，毫无顾忌地放上我的肩胛！

面对夕阳

那是一盏灯，一盏光芒四溢的偌大之灯。天空和大地上的一切沐浴这光芒的雨丝，沉浸在一种淡泊而神奇的粉红色的氛围里。

粉红色的江流静静东去，频频闪射的一星一粒的金色粼波，昭示这薄暮中沉静的运动；

粉红色的田野仿佛受孕之少妇，稻花的幽香是她静静呼吸吞吐的阵阵芳馨，蠕动的丰收的喜悦悄然飘散；

粉红色的都市渐渐沉寂，熙攘的人群通过站台，沿着街衢之河撤向两岸，幢幢蜂箱般的楼房的窗口明亮起一盏又一盏白炽之灯……

面对夕阳，面对这盏漫溢粉红光芒的偌大之灯，我想它不像是血，而是一颗洁净之心。这颗心，以其独有的方式，进行着愈来愈缓的倾诉，那是一种对生命的尊严与价值无与伦比的描述和体验，是对这广阔世界缠绵悱恻的无限眷恋……

别在林梢的笑声

还记得吗？那别在林梢的笑声？

草，是绿茵茵的地毯；树，密密匝匝。我和你，就在这幽绿世界里放牧，享受这大自然赐予的美妙绝伦的宁静与清新。

我骑上高大的黄牯围着你兜圈儿，馋得你“哇哇”直哭。

我的黄牯走到你面前，拍一下牛角——“低下！”扶你踩着牛角爬上牛背。

我也“嗖”的一声坐到你身后，“驾——”一声长吁，牛发疯似的奔跑。

你惊恐万分地叫起来：“怕——”

对着你的颈脖，我哈上一大口热气，痒痒使我俩都哈哈大笑——笑声，那纯真无邪的朗朗笑声，划破山野幽绿的空旷，震落那满枝沉甸甸的松果，又轻悠悠地别上那葱葱郁郁的林梢……

想你会记得的，记得你我那别在林梢的朗笑！

秋意已去

你说：秋意已去，冬的手指已轻拂发梢。

我踽踽地走在冬的深巷，走在温柔得令人哀伤的浓重暮色里。

你能听见我的心音么？

你那句话，那句颇具诗意的隐语，压得我的心生痛生痛。

忧郁使我的心跳如此缓慢。

冬的落寞走向你，已深深走进你之心湖。那温柔的春火热的夏和我自以为已经收获了的秋，真的就这样走了么？

秋意已去。冬的深巷清冷清冷，如那轮失却温暖的夕阳。

秋意已去。无光的夕阳是我对你沉郁的失落，是在这冬的温柔里我之心头茂长着的一簇浓密的愁绪。

邂　逅

雨丝轻轻地飘着。

如同细而密的青丝，你烟一般地飘来。

凭直觉，我感到我已面对另一个世界。至于面目、胖瘦、高矮以及其他，都并不显得多么重要。只是那份沉甸的陌生，令人诧异万分。

雨雾中有一副臂膀，但我的头颅依然沉重，无可依托。

雨雾中有一颗如我一般渴求温暖的心室，但已深切缺氧，无法点燃热情之火。

我感激这雨。真的！

飘飘雨丝遮挡了诸多表情，省略去诸多不必要的语言。

如同你来，于细而密的雨丝中，你烟一般地隐去。

旅　途

淡淡的晨雾。扭扭曲曲的小径。静静地，世界仿佛只有我和你。

这无涯的旅途使我又饥又渴——拄着木杖，奔波了整整一夜，我的双脚只能机械地挪步，真想说一声："太倦了，歇会儿吧！"

但目光一触及走在前面的你，你那微卷的黑发，黑发上那枚锃亮的发卡，以及那双沾满露水和泥土的裤脚，我的一切劳累和饥渴，全都奇迹般地悄然远遁。

于是，起起伏伏的脚步声，又轻轻地叩击这静幽幽的山梁深谷，两颗疲惫的心上，又延伸出那深深浅浅的足迹。

我将遇见你

寂寞的山道构想着寂寞的心思。

我寂寞地走着，走在寂寞的山道上。

但我一点也不哀叹，因为我想远方有久等的你。

即便山回路转，我也不会走上岔道。因为路旁有树，树下隐藏着小溪，小溪们源源不断地传递着你的信息。

我什么也没想，但我什么都在想——因为我将遇见你。

你也不要惧怕孤单。假如你实在太累了，就去那路旁的山棚里歇息吧。打开山棚的小木窗，你会远远地听到我“吧嗒”、“吧嗒”的足音。晚上天黑，你就在窗台上放盏小小的风灯，哪怕远隔千重山万川水，我也能看见那团如同鲜血般的殷红……

是的，我将遇见你，我才这样满怀信心。

最后的恋意

你的纤纤素手敲击着窗棂，远眺窗外花园荷塘里那朵残存的青萍，自语喃喃：“真的要走了！”

我知道你指的是什么。

是的，该走的即将走了；该来的，即将如期降临。

“其实也没什么。”我知道这话等于不说。

你的睫毛仿佛沾有露珠的小草。我知道那根根小草的凄切，知道那小草面对晚秋晚风的悲凉。

一抹斜阳从窗外淡淡地飘来，落在梵高的《向日葵》上。那葵花也蔫蔫的，全然失却了素日的安详与生气。

达子香开了

北国凝滞的雪野里，达子香开了，五彩缤纷的热情点燃了。

我的思念也开了——那真是荒凉呵，当年这被称为“北大荒”的地方，丛丛荆棘、野草和那飘香的矢车菊下的黑沃沃的泥土，都在召唤着开拓呵！

北上的列车带上了我们这一批来自城市的少男少女，带上我们的天真、幼稚和真诚，来到北国。悠悠牧歌点燃了荒原上一堆堆篝火，千百年孕育的思想于拖拉机清晰的轰鸣声里，于草窠里一只只鸟蛋里——成熟了！

我们的希望和失望、青春与初恋，全都种植在这茫茫北国了。历史，一天又一天地演变着，永远，永远地遗留在那片土地。

（城市——那一幢幢蜂箱般的楼房，一条条幽深漫长的街道，常使我想起那大雪覆盖的冻土地、莽莽苍苍的大沼泽、戴着狐皮帽的魁梧的北方大汉、精神抖擞的狗和带给我诸多轻灵的雪橇……）

呵，达子香开了。

北大荒，你给我的勇敢、深沉、粗犷、温柔和热情，也随同我的思念和达子香一同开了！

海滩上，一只青椰子

静静地，一只青椰子躺在松软的海滩上。

那是昨夜的台风，怀着刻骨的憎恨与残酷，来到这静谧的海岸，将那从未屈服过的威严的椰子林，狠——狠——撞——响，将这只青椰子，远远地扔进这湛蓝咸涩的海水。

凌晨，退潮的海浪又将这只椰子遗落在这劫后的海滩。椰子静静地躺着，它由衷地感激温柔地抚慰它的明熠熠的阳光。

倏然，一阵喧笑的声浪将椰子从酣睡中唤醒——几个少女，趁着退潮，来拾取她们的童年。

椰子一阵兴奋——它将和太阳一起轻松地走进少女们那诗一般纯真洁净的心房。

归　宿

将军，你的身上结满传奇，你是一株结满传奇之果的松树。你那大大小小形状各异的暗色伤疤，也在炫耀那惊心动魄的岁月。

如今，一切都飘逝了。漫长的记忆，从你那灰黄的瞳孔里，放飞一支厚重而激越的歌。

村前的小路，逶迤去你几十年的征战，几十年的搏斗。而今，它又把你带到这曾生长辛酸与苦难和正生长希望与憧憬的土地。在这黑色素遍布的神奇黝黑上，你种植玫瑰色的归宿——作为你艰辛的起点，也作为你创造的终结。

为了驱逐这块土地上的所有叹息，为了感激照耀这块土地上的成熟的太阳，你把你整个躯体都托举起来了，托举给这飘散着苦艾气息、更充满野菊馨香的崇高的归宿。

雪野里的孩子

雪，覆盖着大山的沉默。

无力的太阳，漂白一望无垠的苍茫。

一个小男孩手拿比他个头还高的铁铲，从山脚向山顶登临。那冻得发紫的娇嫩的鼻头上，悬挂着一滴透明的洁白；那顶鲜红的滑雪帽，在这空旷的雪野，炫耀着色彩的富丽。

孩子身后，两行深深浅浅的足迹逶逶迤迤，显示着山民世袭的倔强。

我伫立在雪野，沿着这足迹，仿佛看到这农家后生正携着农家世世代代所有的希冀和向往，翻过山脊，走向那广袤深厚的原野……

洗　礼

块块黝黑的礁石生长条条深深的裂缝。裂缝里，不时涌出惊天动地的海啸。海啸，将那赭红峭岩的回音壁频频撞响。

一位年轻的渔村母亲，怀抱刚刚足月的儿子，来到这湛蓝的海边，为他举行有生以来的第一次洗礼。灿烂的阳光沐浴他嫩红娇小的躯体，咸涩的海腥融和着淡淡的乳香……

一个海边的孩子，又将延续一个接一个新奇而勇敢的故事。

大海，孕育了海边的孩子，孕育了古老民族新鲜的希望。

希望，正接受大海庄严而神圣的洗礼。

沙漠旅行

我曾怀揣膜拜至圣的虔诚与逃避瘟疫的惶恐，奔向那能使我的魂灵得以片刻安宁片刻纯真片刻崇高的归宿——自然。

于是，我惊喜地发现了那挂在矢车菊上的几乎使我晕倒的晶莹。可一当我的手指刚刚触及那簇撼人心魄的美丽，一切都瞬间不见了——润入了那广袤深沉的土地——我的眼睛也潮湿了，那片土地又融进我分泌出的一滴、两滴真切。

于是，我走向沙漠。

于是，我结识了那么多既会抒发情愫又会嚎叫的流浪的太阳和月亮——我们一起走向沙漠。

驼铃悦耳的叮当之声无从飘起，《一千零一夜》的怪诞惊奇，再也无处觅得诞生之地。沙漠，只以炽黄的凶残暴戾，回环往复地证实无涯的灾难。

想那当初的预言实乃笑柄，什么棕榈是真实的湖泊是真实的，那玫瑰红半道结识的旅伴是真实的。不！真实的是星星落落的教堂古塔，是轻轻萦纡悠悠而散的古钟的沉闷，是疾风急欲掀起而终归不能全盘掀起翻腾着的大地的迷蒙。沙漠呵，你永恒律动的沉重波涛可有宁息之时，幼稚的旅行者伫立于你的中央，并已成为你的一分子，把我也翻卷起来吧，让我增加一份沉甸阻止你灾难的蔓延！

难道一切果真是命中注定么？你东方沙漠令人窒息令人悲哀的沉着呵，汹涌起来吧！让灾难彻底变成狂澜。猛烈的一次暴发胜过滞涩长久的折磨。当旅行开始就没有回返的意念，我的红鬃马想已踏上故土，以它的沉默昭示我萌发已久的愿想。雄激素特强的年轻的旅行者，一向以为沙漠旅行是男人的义务男人的壮举，是男子汉，沙漠你也彻底亮一次男子的雄风吧。

而回答我的仍只有漫天的炽黄。性急的角斗者无力抵挡对手的坚韧而沉静的反抗，只能以思想回首往昔的温馨——那断然拒绝可依然顽强的泪滴的缠绵，可还和婆娑的椰树一同葱绿地生长；那袅袅升腾的炊烟和炊烟下的青灰房舍，可还储存兄弟姊妹们的红润纯真；父亲深深的额皱和慈母藤蔓般盘结的早生华发，可还能绽开那难得一现的珍贵的愉悦？

——缤纷的思绪滋长了旅行者的疲惫，在沙漠沉静的律动中旅行者终于成为永恒的思想者。

若干年后也许会生长出一棵古怪的纺锤树，后来的旅行者也许能在这棵树底下想起些什么。

在沙漠，我造一片绿洲

用鼓凸着三头肌的青春的臂力，在沙漠，我造一片充满勃勃生机的绿洲。

沙漠，你这浑黄的昏噩世界，不能再种植苦难与死亡。绿色的希望，应在这里蓬勃地生长。

热情的火焰点亮我纷沓的跫音。我的跫音，荡漾成纷纷扬扬的音符，将那高挂中天的炽热的太阳狠狠撞响。

冰川在太阳浩浩荡荡的音波里，变为清冽的泉水。泉水和叶绿素一起，向着大漠的纵深处源源不断地流淌、流淌……

在月亮和星星的昭示下，绿洲迎来跋涉的驼队。作为开拓者，我和我的生命，都将成为沙漠里一座亘古未有的雕塑。

走向太阳升起的地方

淡淡的晨雾，带着清新湿润的渴望，拂过大地，拂过所有年轻鲜活的心脏。

地平线于朦朦胧胧的穹隆下，于光与色的交响中，缓缓凸现，宛若一条涂有殷红花边的褐色之绳。

一群使者。一群从黑夜走过来的懂得痛苦与甘甜、开拓与创造的蓬蓬勃勃的使者，正悄然出发！

昨天的阴影自他们木刻似的紫铜的脸庞渐渐消隐。留在他们身后的，是一串深深浅浅的思索。

他们在走。背负他们蕴藏已久的希求，历经他们本该早就到达的一个个人生驿站，他们在走。

走一条布满荆棘的路，一条通向太阳的路。

他们，正走向太阳升起的地方。

在路灯下

这个世界静极了，只有我和你对峙着。我以无言，抗拒着你的沉默。

你灰黄的光亮，照映着幽暗的沥青路面。我的投影仿佛一匹怪兽，这是你对我的歪曲……

我醒着，你也醒着，这是我们唯一的共性。

你亮着，为着有人利用你所闪射的光芒，我独自站立着，并不需要你那冷弱的光明。

你与我，无法沟通，无法合作，无法达到和谐的默契。

你的孤独中含着某种美丽的因素，某种崇高；我孤独着，没有根据，没有缘由，没有强有力的支撑。

石 榴 花

小时候，满怀着稚气，我问妈妈："妈，那些石榴花都紧紧地闭着嘴唇，它们为什么老不开口？"

"石榴花里住着一位小姑娘，那红红的表皮是她好看的衣裳。"妈妈的声音清亮而甜美。

从此，我再也不愿和小伙伴们一起搭家家了。每当初夏，我常常望着那一簇簇鲜红鲜红的石榴花，呆呆地出神，心里极力雕塑着小姑娘的形象。

我想，她应该是美丽的，美丽得叫我怎么也想象不出她的模样。

随着岁月的流逝，我渐渐长高了，长大了。一年又一年，小姑娘仿佛也在随着我长高，长大。

直到现在，对妈妈给我的那个童话般的答案，我仍坚信不疑。

我时刻等待着。

我等待石榴花里那位美丽的小姑娘。

苦 楝 树

我常常想起那棵苦楝树，那是故乡的苦楝树啊！

在小村的后山上，有一条从山顶一直蜿蜒到山脚的土坝，那棵苦楝树，就兀立在这条土坝上。

雨水的常年冲刷，苦楝树的根系大都裸露着，黑魆魆的，如同父亲苍老的手背上鼓暴着的筋络。

苦楝树的枝丫并不繁多，叶子也不茂盛。给路人，它绝不会留下很深的印象。

然而我却常常想起那棵苦楝树，那棵故乡的苦楝树——

冬天，苦楝树渐渐落完它那稀疏的叶子，又开始落那金黄色的松软的果子，乡亲们把这果子带回去，放在温热的开水里浸泡，然后把它涂抹到那皴裂的伤口上，那都是风霜雨雪给予的创痛呵！

呵，苦楝树，故乡的苦楝树能治愈创痛！我想起了，我又想起那棵苦楝树，那是故乡的苦楝树呵！

骆 驼 草

我是一棵骆驼草。

来到这苍茫的世界，不是为了遮掩凄惨的荒凉，不是！

死寂的空间，需要一丝生命的色彩，为了不使走过天空的每块白云失望，我生长，用我的诚实。

面对厄运，我只能反抗。也许，反抗乃我的天性，我神圣的不可推卸的使命。

但我并未曾愤怒。冷峻，会使恶魔都感到恐惧，威慑人的不屈的力量，使我走进广阔的意境。

趴在地上，我为每一粒沙土的热诚所感动，为了这朝夕相处的伴侣，我更坚定起我爱的信念。

旅人，在一个个深深的骆驼脚窝里发现了我，他们便给了我“骆驼”的命名，我感到欣慰，被理解的幸福荡漾在我干渴的心田。我陶醉。

于是，我的生命和热情，随骆驼一起走向那辽远的地平线。

黄山松

面对千年葱郁的森林,在高高的危岩,你显示着比石头更为沉甸的高大。

你俯视一切,并以黄山清幽微风所赋予的温情和气派,有所抗拒,又有所温驯。

你深信黄山的伟岸与广博,故而你从未倒仆,从未畏缩。高山所有的奥秘都被你戳破,茂叶不能覆盖你裸露的躯体所勃发的赤裸的激情。大山的过滤器消却一切阴影。你的躯体连同你的赤诚被摄入无垠的空阔。

不时漫上的云海遮掩住你的渴求,于无限的深沉中你生长热切,生长你永不衰竭的活力。你成为绿色世界的旗帜。

面对画笔、胶片和变幻不尽的美丽词汇,你从未沉醉。

你也从未试想轰然倒仆。存在一天,矗立一天,是你不屈而顽强的信念。

君子兰

真要谢谢你,谢谢你送给我的君子兰。

那天,你笑着说:你这人真逗,像我那株君子兰。

翌日,你真的端来一簇淡淡的绿意,虽然只有几茎叶片,虽然那淡绿的叶片上还泛着一丝丝稚幼的光泽,但我的心灵还是不禁为之深深悸动,眼内澎湃之潮险些冲决羞赧的堤岸。

你说得对极了。君子兰之于我,或许本就有着某种默契,某种天合之缘;或许我确像它,抑或它像我。从此,我之案头绿意摇曳,我这异乡人的孤独有了一片掩蔽的绿荫。

真是怪。首次谋面的你,何以如此深切地窥视到了我心之底层?何以赠我如此深切的慰藉?

无论如何,我都深深地谢你,谢你使我心拥有了一片淡绿的天空,谢你对那时于你还是一个陌生者的真挚——我会是一个辛勤的园丁,在那片片淡绿的叶上镂刻生命神圣的烙印,抒写对生活的全部热忱。

野　菊

路旁，一朵野菊，顶着一颗晶莹的露珠，顶着露珠里一轮刚刚升起的彤红彤红的太阳。

村姑，携带着早晨的太阳款款而来，走进晶莹的露珠，走进顶着露珠的野菊。

——野菊和丰盈袅娜的身姿融为一体！

轻轻地俯下身子，以那双因终年劳作而变得丰腴的双手，传递乡下姑娘特有的细腻的柔情——向野菊。

蓝天摄下了这段纯真而热切的依恋，阳光冲洗出这张纯净而清新的剪影。

小村的早晨，山道托付着野菊和村姑这瞬间完成的飘散着浓郁野菊清香的意愿。

附录

他生活在感觉里

邵江天

第一次见到查结联是在一个诗会上。那天晚上,他喝醉了,醉得仿佛夜的大洪岭一样深沉。他似乎想和我交谈,但语无伦次,笑声像哭声一样令人激动。我从此喜欢上了这个年轻人,就像喜欢自己真正的兄弟或一条色彩斑斓的眼镜蛇一样。

我们开始认真交往,其实只是最近一年来的事。他经常拎着一只小巧的人造革提包,悄无声息地来到我的住地,然后,我们便毫无主题地漫天扯谈起来。谈诗,谈朋友,也谈车祸、地震、龙卷风和宫外受孕。

但我真正认识查结联,却是在读了他的200首诗作之后。

查结联不是那种本来意义上的诗人。他在更多的时候只是一个幻想家、探险者和孤独的旅人。

他是多产的。他的诗是阵发性的岩浆的奔突,每一次喷发都必然地耸立起一脉脉绵亘起伏的峰峦。

查结联不喜欢在游人如织的风景名胜地享受大自然或人工穿凿的美。他习惯于独自跋涉在人迹罕至的大漠上，苦苦地寻求差不多毫无希望的生命之光。他从沙砾的坚硬中发现柔美，从丑陋的骆驼刺里去体验妩媚。你根本不可能从他的怅惘中找到凄楚和冷寂，太阳的光辉和黑夜的空漠同样在诗里发出惬意的太息。“当光明驱散全部阴影/仿佛暂时觅得一方宁静/你退守居地/一旦黑暗再次侵临/你又飘扬起抗争的旗帜”。这是《黄昏星》里的一节。从这几行诗里，我们可以感受到一种空灵的超脱和一缕黑暗的光明。再读一读《眼镜蛇》吧：“盘曲坟茔之上/你成为精神巨人/俯视一切/毁灭一切/你抛掷死亡的流星/在破坏与求生的峡谷。”查结联当然不是在宣扬达尔文，然而，我们却不能不从诗行中得到某种恍然的启示，从而立即在心头黯淡了诸多神灵头顶上的光圈。他写藏民天葬，选择了欢悦而圣洁的诗歌语言：“盘旋，盘旋着/这一群活生生的精灵/凄厉的叫声/震撼每一寸天空/高高的危岩，正/展示一部杰作。”在这里，食人的鹫鹰成为天神的使者，如果人们本来就认为死亡是一种伟大的解脱和高尚的飞升，那么，“一群活生生的精灵”为什么不是在“展示一部杰作”？这是一种真正意义上的黑色的洁白。

查结联在自我感觉的世界里建造着一座辉煌的都市。他始终生活在感觉里。他的诗歌理论是他的诗本身。亏他想得出，一艘“搁浅的船”也会有自己的情感世界：“悲哀的不是我/是支撑我的绝望/昨夜的风暴/掳去了我的帆桅/掳去我远航的夙愿/我成为悲苦的残者/……然而我仍然向往/那惊心动魄的搏斗/那胜利者的兴奋/那只要经历过一次/就永远不能忘却的苦难。”查结联用自我感觉的脉冲去透视失败的勇士们的内心世界，蕴旨宏大，辐射无极。查结联的感觉是一张网和一个三维空间，时间在这张网的纲目里被规范为一粒粒可见的药丸，而这些药丸其实既是试剂又是催化剂，于是，光怪陆离的宇宙在查氏大网中被分解为色块的重叠和音响的交错。查结联用感觉去演绎诗的情绪，他不是用笔，而是用想象中的未来在导演历史的故事。他站在情感世界的峰巅俯视着土地和人构成的坐标，在阳光和星星的抛物线上高声诵读或正或负的感觉的函数值——“因你的出走/作为橡树的你不再兀立……/而你背叛了最初的誓言/不仅往东你也向西/溯流而上也顺流而下/因了你的旅行/而今依然兀立山岗的繁茂之树/失去价值”(《桅杆》)。诚然，谁也不会怀疑这是一首哲理性极强的好诗，但是，谁又能否认这是实实在在的痴人说梦？诗人被自己的感觉所左右，他在说实话，然而，让人听来却比真正的呓语更离奇十倍。我以为，有时候一首好诗也就如一场梦，想出解不出，可意会而不可言传，“此系绝胜地，妙在不言中”。如是而已。

查结联的感觉世界是一只魔桶，魔桶里的风雨雷电在那方小小的世界里被浓缩和升华为“无”。然而，查结联的诗作却都是从这个“无”中喷吐而出的，这难道还够不上十足的神奇？通读他的诗作，我有一个印象，他似乎一直用女人的思考去感觉男人的世界。雾里看花，朦胧得真切。女人体验到的男人当然不会是男人的本身。唯其如此，这种体验和思索也就更加耐人寻味和弥足珍贵。事实上，任何诗人对生活的感受都必然经历一个折射与滤色的过程，差别仅仅在于，一般的诗人用的是一块物的镜片，而查结联却选择了一个女人的眼睛：“世上所有的温柔/在走近的瞬间/撞成碎片/真希望有一股风/旋起你/旋起急骤的碎片雨/浇我的灵魂/淋我的躯体/让诱惑/新美如初//也许只因欲望/使我和你/合演一幕悲剧。”(《当我伸手的时刻》)我喜欢这首诗，不是因为它所要表述的哲理性，而是一个诗人对女人的感觉的认同。这种感觉是深沉的，更是细腻缜密和刚柔互济的：“悲剧”不是结束，而是酝酿的开始，“让诱惑新美如初”，于是，伸手再致悲剧的发生、结束和开始，这是一个“链”，一个诱惑和忏悔的不尽的往复，它差不多构成了整个世界的昨天、今天和明天。这种感觉可能不准确，然而，谁能要求只有准确了才能去“感觉”呢？

查结联今年才24岁，安徽师范大学中文系毕业，被分配在安徽画报社工作。24岁仍是开花的季节。但是，他的树上却过早地挂满了成熟的果子。这也许是一件值得庆幸的事。不过，我却宁愿他更是一株幼树，在春的枝头不断绽放出芬芳的小花来。1985年5月,艾青曾为查结联题词,称他“前途无量”。我们希望查结联在无量的前途上不尽地延伸属于自己的扎扎实实的足迹。中国的诗坛离不开青年。

(载《安徽青年报》)

执意品尝人生的况味

江文波

带着深深的思索
如同背负沉重的十字架
我寻觅你——
我心中的
人字瀑！

（《人字瀑》）

这是青年诗人查结联年轻而执著的歌声。

自从他在江南那座风光秀美、气氛活跃的大学校园里，带着出手不凡的处女作《生命幻想曲》走上诗坛至今，不过短短的四五年时间，却有二百多首诗作先后问世。最近我系统地研读了这些作品，不禁在一种更深的意义上，为这位相交多年的诗友感到欣慰。

结联的创作，内容涉猎较广：都市、乡村，荒漠、江河，草木、风物，遨游于大千世界；诗艺不断变化：纤巧、恢宏，单纯、复杂，呈现纷纭并存之态。但在他曲折发展的旅程上，我仍能辨析出一条隐约的脉络，这就是他始终没有放弃对人生况味的探寻，虽然时明时暗，有深有浅，但这条摸索的潜流，客观上优化了他诗的素质。

他早期的创作，曾汇入“学院派”的潮流之中，近一两年，或多或少也受到“第三代”诗潮的波及，也许“学院派”终因稚嫩、浮艳、雷同等一些与生俱来的弊病，难能在当代诗史上留下深深的刻痕，而“第三代”却在语言、结构以及理论上初步摇动了新传统的板块外，在诗的意识内容上虽有修延却缺乏更深层次的突破，但结联的可贵在于，他虽借前一股力量脱颖而出，吸收后一派营养获得发展，却没有淹留于那片汪洋之中。最根本的原因是他艺术的触角，伸入在人生的土壤，萦绕于艺术永恒的母题，这样就能不为声势所动、时髦所惑，坚实地铺筑着自己的道路。

这里所说的人生，不是外在的、抽象的、虚空的，而是人生的历史性展开，是一个动态发展的流程，离开对这个历程的深入体验，就不可能诞生真正的艺术。浩浩泱泱的文学史，每推进一步，都是以更新的形式，在更高的层次上对人生的贴近。

结联起步于诗，绝不是偶然的，除掉当代文化的熏染外，还有着深刻的心理因素。贫困而艰难的童年生活，使这个敏感而倔强的山村孩子，过早地品尝了人生的种种滋味。后来他考上大学，毕业分配到省城一家新闻单位工作，随着知识的增长，视野的开阔，生活环境的变迁，他便有更多的机会，以更新的思维方式，感受人生的喜怒哀乐，炎凉冷暖，沉思着人生一系列令人困扰的课题。

这种残酷而崇高的精神探索，一边紧紧连接着他自身的经历，一边宣泄出源源不断的诗情。在诗歌艺术的殿堂上，高悬着一座深藏人生全部奥秘的洪钟。历代大师已经叩击出经久不衰的声音，结联那瘦弱而有力的双手，已在这座洪钟上摩挲了很久，不管他是自觉还是不自觉的，我们不妨先来听一下这位后来者的声音。

一、在特定的自然和社会环境中体味特定的人生状态

“羊肠小道开始铺展我的历程”。

枯黄的山野，崎岖的石路。一个羸弱的少年，戴着破旧的斗笠，趔趄于凄风苦雨之中——忧伤而不屈的目光，走向迷茫而明亮的远方……

童年的记忆，深深沉积于结联的意识底层，永远也不会磨灭。或许正因如此，我们在他的《沙漠旅行》《纤夫》《雪莲·少女》等诗作中，感觉到的常是荒凉、冷寂、严酷的自然环境。诗人就在这种孤寒险恶的氛围中，透彻地咀嚼着人生的本质。

如《雪莲·少女》：“一朵雪莲，含着微微的羞怯/借银白领域展现淡淡红晕……/少女久久伫立，她在领略/苍茫世界的这一奇迹/弥塞空间的单调/连同所有的失望与忧伤/都被这簇熊熊热火所点燃。”在这里，雪莲、少女和一颗诗心，一同燃烧于寒冷的雪地，在清凄和寂寞中创造着一缕希望的生机，这是对生命力的讴歌，对人生的肯定。诗人虽然充分体察到生命的艰辛，对生活的纷纭万状保持清醒，但他正处年华，不会沉落于悲观的阴影之中，即使“在一片死寂的苍茫中/萎缩的骆驼草”，也“渐渐抬起那沉重的头颅/绽放一片朗朗的新绿”（《风铃草》）。“雄激素特强的年轻旅行者/一向认为沙漠旅行是男人的义务男人的壮举”（《沙漠旅行》）。不屈与进取、力量和向往，渗透在结联笔下的人生状态之中，给那些或忧怨，或悲怆，或凝重的诗行，抹上了一层希望的亮色，尽管有时比较微弱，但仍能给人以踏实，以兴奋。文学史上著名诗篇，表现出的无论是悲观（不是精神枯竭的哀叹）还是乐观（不是精神浮浅的叫喊）的人生情调，都是经过悠远深入思考的结晶，是遥遥远天上同出一源的两束霞光。

人生的旅程不仅烙满自然的温馨和暴戾，更离不开历史、时代和文化环境的哺育与制约。结联在自己的生活经历中，不断陷入新旧交替的矛盾，使他困惑，催他反思；时代的蝉蜕和观念的变新，更时时冲击着他容易激动也容易沉着的诗魂。

在《故乡》等内容相近的诗作中，诗人一方面对故园幽静的风光和古朴的生活方式流露出绵绵思念、惆怅的怀想，以至“枕巾常湿　心儿常湿”，但这个不再回还的游子，再也“不想讴歌它所凸现的古朴与宁静了”，而是希望这一切“从那窄窄的山道口走出/走向应归属于它的天地/——那泛黄的书页上记载的历史”,娓娓道出变更中的人生意绪,预示出一种宽阔开放的人生走向。这种意识发展到《重孝的少妇》就更为深刻了。

“重孝的黑衣/装点你尚未耗完的青春…… /对着窗纸上你黑色的投影/我祈祷有位健全的男子/走进你沉重的黑色……/重新点燃你的光明”。失去丈夫的青年少妇,躲进传统意识的“黑色孝衣里”,禁锢起青春的生命。诗人在热切的痛楚里,企图用一种全新的人生观念,促使陈旧的生存方式变得振奋和健全,那将被点燃的光明是新时代的思想给生命带来的曙光。

二、人生那片悲剧的底色时时飘忽于诗人忧患的瞳孔

“一旦夜幕降临,你便如幽灵般的踯躅街巷”。

他喜欢浸没在夜晚孤寂的黑暗里,让白日的喧噪和人生的种种气候,默默地沉淀,默默地消化……开放成一束束悲剧之花。

这位早熟多思的青年诗人,渐渐以一副冷静的目光,观察着万花筒般的生活,直视隐匿于种种表象后的人生底蕴,于是不可避免地,一种种深沉的破碎感、孤独感、失落感、饥饿感等一系列悲剧体验,便如浓云淡雾,弥漫于他的精神的间隙;如冷溪热潮,漫溢于他温暖而静穆的诗行。

《唢呐声远了》是首亲切优美、旋律忧伤的小诗:“唢呐声远了……/今后的岁月里/缠绵的苦痛/会深深根植于我们的心海”。因为这“古朴之遗风”像一块千年巨石“并未风化”，压迫在一对情愫眷眷却又不能如愿表白的恋人心头，随着唢呐声渐渐消失，留下的是失去的哀怨、相思的苦痛和终生的遗憾，把一种破碎而无法愈合的人生境遇，写得哀婉动人，并对这种悲剧的历史环境，于平淡中透出深沉的艾怨和忧患，具有一定的涵盖力。

在《孤独》这首不到二十行的短诗中，诗人以诙谐自嘲的口吻，淋漓尽致地描写出一种无处不在无时不有的孤独心态，写活了难以言传的精神折磨。而《饥饿的狼》，则通过暗示和象征的手法，将动物的特质人生化，那种无限贪婪又无限饥饿的生命痉挛，透视着人生无法闪避的悲哀和灾难。《当我伸手的时刻》以简洁平易的笔触勾勒出一个看似平常的生活片断，但其中却蕴藉着深邃的哲理：“也许只因欲望/使我和你/合演一幕悲剧”。人生组合着许多简单和复杂、善良和丑恶的欲望，每种欲望都可能成为一幕悲剧或喜剧的原动力——这是人本身所包含的悖逆，所以有些悲剧是天在难逃。结联的这类作品目前还出手不多，但已是初步窥见他对人生的况味的体验，已达到较高的品位。

三、人道的丧失与人性的扭曲悸动着诗人善良的灵魂

“手挽着手，看见橄榄绿，我们就会相视而笑”。

他心头种植着一片橄榄绿，那是爱的世界；他像温暖善良的白鸽，飞向自由和谐的梦乡……

结联的精神世界，根植于我们民族古朴丰腴的土壤之中，所以他不少的爱情诗章，如《赠你一块蓝天》《又见花雨伞》等，都充溢着民族的情味，表现出纯贞专一的传统美德。但是，结联毕竟一直在聪颖勤奋地吸收着现代思想文化的营养，所以在他创造的情感世界里，更有着对人道主义的呼唤，充满着对人性复归和舒张的渴望以及观念裂变的回声。

请看《望夫石》："在你身后/闪烁着两束炽热的目光/它们的热切/会使你冰冷的心脏/重新活泼地跳动……""望夫石"在"虚无缥缈的幻梦中"，眺望千年，耗费了"所有的真诚和热情"。诗人对这种扭曲的人生，寄予深切的同情和美好的希望；亘古不变的道德教条和文化意识，在人道主义的辉光烛照下，显现出反人性的面目，增强了作品的思想力量和情感深度。

在另外一些诗作中，诗人的视角还涉足情欲这一容易引起非议的人生领域。对生命这一本原层面的探寻，无论如何也是接近人生本质的一个重要环节。人的自然属性和社会属性同是人性的重要结构，而且现代科学表明，它们在心理的深层，甚至是水乳交融、难以分离的。结联涉猎这一领域较早的诗作是《黄昏，大街上走过一位少女》：

“一件洁白的连衣裙/和连衣裙一样洁白的少女……/向大街姗姗走来……/(真的!)想在那洁白的额头上/印上我洁白的/(如同那洁白的连衣裙)/轻轻,轻轻的一吻”。

一个青春期的少年,血液汹涌着的那种朦胧而强烈的欲望,被表现得大胆而强烈的优美,净化成一种洁白无瑕、充满希冀的生命境界。情欲本身无所谓卑劣和高尚,关键要看描绘的目光,是否落实在与人生本质相连的那种深刻的意义上,能否开掘出一种有价值的生命状态。

结联以一颗青春的爱心,拥抱着严峻的人生和纷杂的世界,所以他笔下常流露出焦灼和痛苦,徘徊着对另一种人生意境的期待,即使是无望的期待,也泛着一层绿意,一层亮色,因为期待本身就能使精神丰富,情感升华。

四、诗人用思维的五彩石填充着人生的黑洞

“你想黑洞并不神秘,以悲哀以躯体以莫名的踯躅,会充实它堵塞它……”

这个有些自卑又充满自信、有些憨直又充满灵巧的年轻人,凝望人生奥秘的星空,试图叩开黑洞之门。

人生从何而来,又向何而去?是短暂还是永恒?有多少神秘的黑洞?一系列悬浮在人生极致境界上的问号,似乎仅是哲人的课题,但却通过另一条途径,也出现在诗人的感觉之中。

《石头》是结联的一首精致隽永的小诗:"世人已将你遗忘/你的生存/只不过　为了完成/造物主的某种昭示/当年常在你身上/蹦蹦跳跳的那个/穿红花小袄的小女孩/如今也变成了老太婆/但从她豁了牙的嘴里/给儿孙们/流出的每一个故事/从没有提到过你……"短诗为读者所提供的关于生命的启示,是深远、悠久而朦胧的。诗人将对瞬息而过的人生慨叹,凝聚于不动声色的描绘之中;将对永恒的质疑,渗透在可感可触的画面之中;被诗化的素质,给纤巧的构思添增了难得的内涵。

死亡是人生的最终归宿,而对人本身来说,它是一个无限神秘的领域,这里飘荡过古往今来无数艺术大师的孤魂。结联的《民族之魂》,以素洁而悲怆、动感极强的语言,展开了藏民天葬的这一古老的民俗——在这里,死亡成为生命坚实的支点,最高洁的境界,一部不朽的杰作,寄托了对人生永恒的向往。而在有一座森林中,猎手之死,则被淡淡地染上一层神秘的气氛:在千百年人迹罕至的大森林里,老猎手随着一声沉闷的枪响,永远地失踪了;一望无际的寂静是他的坟墓。这个故事的结局是个永远也解不开的谜,如一缕袅袅轻烟,消溶于北方的天空。这又是一种人生的趋向,清晰而模糊,遐想冥思的空间十分辽阔。

这位执意品尝人生真谛的诗人,当然不能不深入地体味着人生的价值,这是人生思考系列最中心的命题。《桅杆》这首诗，就体现了他思想的旅迹："而你背叛了最初的誓言/不仅往东你也向西/溯流而上也顺流而下/因了你的旅行/而今依然兀立山岗的繁茂之树/失去价值"。这些积淀着厚重理性的诗句，既表现了诗人对价值观念淡淡的迷茫和忧虑，也含蕴着对不断选择和进取的动态人生的价值肯定，诗行里回旋着一种可以理解的矛盾情绪，折射出我们这个时代特有的精神现象。

结联还奉献出如《天空下的河流》这样篇幅较大的作品，力图从宏观上把握生命的历程，在悠悠的历史文化背景中展现人生状态，洞悉人生的谜底，尽管是刚刚尝试，但也达到了一定的水准。人生毕竟是一个汪洋大海，而彼岸永远是遥遥迢迢，相信结联年轻的诗帆，会向更深更远的地方，继续而坚强地出征！

（载《安徽团校学报》）

妙悟展灵性　寓理于深情

梁长森

文艺界的朋友特别是青年朋友出书，这作序的事有时也落到了我的头上。它令我欣慰，因为不断有新人新作涌现，显示着文艺的日益繁荣；它也令我踌躇，因为我还不是什么大家，不像他们能高屋建瓴地说些放之四海而皆准的真理，而只能就文论文，这就要认真地读作品，细细地琢磨作品，于是便感到苦，便感到难。更何况咱们文艺界不乏“有识之士”，他们对张三李四早就嗤之以鼻，倘若你为张三李四的作品写点什么，就难避有“同流合污”之嫌了，于是这作序又多了一层是非。凡此种种，还是多一事不如少一事的为好。

但查结联的诗集《赠你一块蓝天》又来了，我总不能视而不见吧——只好一首一首地读。读着读着，我逐渐地激动起来，惊异起来，也思索起来。于是拿起笔——这序还是要写的。

一

结联同志瘦弱、个头不高，据说儿时多病，几乎早夭，所以我认识他以后，总把他当成需要别人关照的“小弟弟”。但当我读着他的诗时，才感到我认识中有那么多的片面性。这个集子中的很多诗都有着深思的哲理，都有着跳荡的激情，都有着强劲的力量。读读《天空下的河流》，你会听到中华民族响彻历史长河的粗犷、雄浑的呐喊，你会看到那么多腾跃的血肉之躯、那么多重重撞响历史洪钟的高贵头颅、那么多充满爱的灵魂在搏击黑暗、争取光明、奔向新的希望，你会感受到我们民族的百折不挠的意志力、坚如磐石的凝聚力和顽强的生命力。这正是古老的中华民族充满青春活力的真谛。诗人对我们民族的观察和理解是深刻的，而他也正是这个民族中的一员。如此孱弱的身体，居然负载着一颗这么顽强、坚韧、睿智的头脑，能不使人感到他内在的强健力量吗！

查结联观察生活往往有一个独特的视角，于平凡中看出伟大看出辉煌。纤夫(《纤夫》)的劳动是平凡的艰苦的，但他却把绷紧的纤索写成联结历史和未来的信念，把纤夫和激流搏斗写成“最辉煌的乐章”，还进一步写出了穿着褴褛衣衫、弓着腰身的纤夫的自豪和自觉：他们用粗犷、勇猛和豪放写着编年史，却从不奢望享受和别人的赞美，只知道把纤索套在“长满厚茧的肩膀”，“步调一致/艰难而豪迈地/向前——/向前”。这是在写纤夫，某种意义上也是在塑造我们民族的形象。历史是人民群众创造的，诗人掌握了这一历史唯物主义的原理，才对生活挖掘得这么深，写得这么豪迈、壮丽和沉雄有力吧！

诗要有深意，但不是哲理的演绎，应寓理于情。情感才是串连语言珠玑的红丝线，才是使诗活跃起来的血液。涌流在查结联诗中的是爱的感情，他爱古老而年轻的祖国，爱勤劳勇敢的人民，爱多姿多彩的生活，所以诗才写得浓浓烈烈、沉沉实实、真真诚诚。他在《赠你一块蓝天》里写道："让你真挚的思念和/你所有焦急以及炽烈的迫切/都能找到一条宽阔的大道/得以畅通　得以畅通"。他要把蓝天赠给每一个中国人，让他们都能得到驰骋才能的广阔天地；他要把蓝天赠给中国土地上的一切生物，希望它们能够生发繁衍。诗人的爱心是广大的，动人的。

二

语言是诗人表达情感和思想的工具，蹩脚的语言是铸不成好诗的。查结联在语言上是肯下功夫的，有不少独特的地方，颇耐人寻味。

曾有人提倡过文学语言的陌生化。对此，我既不一概赞成，也不笼统地反对。文学源于生活，语言全部陌生，且不说脱离群众，作家实际上也难于做到。但文学特别是诗的语言又不是照搬口语，它要经过锤炼加工，一般来说又比口语显得纯净、洗练、新鲜、别致，有的则比较陌生。查结联的诗的语言有这个特点。例如在《牧羊人——赠诗友》中，送别情深意厚的诗友，他流下了“男子汉如雨的刷刷的泪”。这“刷刷的泪”很少有人说过，也很少有诗人写过，可以说有点陌生，但却陌生得合理，不仅写出了情感的浓烈，而且写出了情感的状貌，使人如临现场，如见性格鲜明的真人。查结联有时为了表达色彩斑斓的浓烈感情，还用两三句短语组成一行长诗，一长行一长行地写下去，一如长江大河的流水滚滚滔滔，不停顿地奔腾向前，颇有气势颇有力度。读查结联的诗你会发现，语言的运用和表达方式的采取是从抒情需要出发的，所以他的诗内容和形式的结合是比较好的。

语言和表达方式的独特，并不是要故弄玄虚，以莫名其妙的奇言怪语来炫耀自己的高深、吓唬读者，而是来自于对描写对象的静观默察和深刻领悟。如《美丽的哀婉》，看到这个题目你就会感到奇怪：哀婉还有什么美丽的呢？把这两个词搭配起来简直驴唇不对马嘴！但且慢指责。哀婉所以是美丽的，自然有它质的规定性和内在逻辑。一个女孩子要出嫁了，按照古老的传统临行时要哭嫁，至今某些山村还绵延着这种习俗。这哭似乎很伤心，“哗然之泪如丝如雨如瀑”；这哭又似乎很舒心，如“山歌般动听”，因为这哭声既表达着对父母的依恋，又倾诉着对新生活更强烈的渴盼，所以此时的哭已失却了痛苦的涵义，而变成了一种美丽的哀婉。如果诗人不熟悉山村生活，不知晓山村古老的习惯，不明白出嫁女的心情，是写不出这种看似矛盾、实则合理地表达丰富内容的恰切诗句的。语言的独特性、准确性和巨大容量，依赖于对抒写对象的熟悉和深刻理解；如果对所写对象若明若暗，一味在辞藻上下功夫，即使语言再新鲜再华丽，也会使人有浮泛、轻飘之感，收不到什么好的艺术效果。

三

这本诗集里有一组爱情诗，其中的大多数写得很特别，颇令人感到沉重和压抑。他很少写爱的热烈、爱的欢愉、爱的幸福和大胆追求，而多是灵魂深处的向往、渴慕、真挚、深沉和怯于表达心迹的懊恼，以及爱的失落的痛苦。这虽不能说是诗人自身爱情生活的写照，但也多少反映了诗人性格的另一面。且读读《你的窗户》的最后一节——

你的窗户
你的令我悲寂的窗户
时时向南敞开
却走不进，走不进

我目光的坚贞与忠诚
真希望你的窗玻
被秋风狠狠地击碎
让我有一个秋天
有一个在你窗内停泊的
秋的丰硕

他望到了窗内的姑娘，他对姑娘充满爱恋、充满期求，希望寻到慰藉、寻到温情、寻到爱的栖息地……一大串的向往，一大串的渴盼，一大串的希冀，但都存在内心里，你为什么要听凭自然，而不去敲开那扇窗户，勇敢地表达你热烈的爱恋去追求呢？由此，我看到了一个沉浸在幻想里的小男孩，看到了一个羞羞怯怯、缺乏行动勇气和力量的小男孩。

读着查结联的这类诗，我禁不住想到了卡夫卡。卡夫卡是一位以写作为自己生命的天才作家。《变形记》等作品至今饮誉世界。但他又是一位不幸的人，幼年多病，父亲粗暴专横的阴影，使他养成了自卑、胆怯、孤僻的性格，只愿意从旁冷静地观察周围的人和事，却不愿意加入到喧闹纷扰的世界中去，甚至对深深爱恋着的女友也宁肯频频写信传达感情，而不愿多相聚，因为他面对女友常常感到局促不安、手足无措。这是他性格的一面。另一面，生命的多舛，环境的重压，也养成了他敏感、多思、自尊、自强的性格，他要把他独到的见解、丰富的感情、坚韧的抗争宣泄出去，而写作便成了这宣泄的河流。这矛盾的性格，这全部的身心向着文学，即使他成为西方现代派文学的一大宗师，又害了他的身体（只活到41岁），害了他的爱情：和先后两个爱恋着的女友终没有成为眷属。我这样由查结联而联想到了卡夫卡的某些断片，既不是全面地评价卡夫卡，更不是说查结联已经成了中国的卡夫卡，只是说他们有某些相似之处。应该看到，查结联有着敏锐的艺术感觉，有着对生活的深刻领悟和独特把握，颇富才气，出手不凡，诗有令人惊异的地方和远大的发展前途。但也应该说，他的某些诗特别是爱情诗往往渗透着孤寂、怯懦、失落、懊丧；就是那些流动着粗犷、豪迈的诗，也同时流动着沉重和悲怆。这是否是他既自尊自强又怯弱孤寂的矛盾性格的反映呢？

我曾在几次诗会上和结联同志相遇，他不大参加群体活动，至多是和二三诗友“单溜”，即使有时到热闹场中去也是躲在一隅。在环境的影响下，人的性格和生活态度也是可以有所改变的。愿年轻的诗人多到火热的生活中去，大胆地交往，追求，抗争，写出更多既雄浑厚重又热烈昂扬的诗篇来。

（此文乃作者为查结联诗集《赠你一块蓝天》所写的序言，载《文艺报》《安徽日报》等报刊）

蓝天下的思索者

张　颠

在我看来，诗歌是诗人在具有积极健康的生存态度的前提下，对世界进行无止境的诗的探究，诗人查结联诗集《赠你一块蓝天》证实了这一点。

《天空下的河流》《内陆河》《纤夫》等，以诗人特有的视角，抒发了作者对历史、对自然的深刻关注和思考。“这条闪烁永恒辉光的道路/携带光明之舟……/亿万斯年时时刻刻显现着/古老的银亮”（《天空下的河流》）；船夫号子“拽紧了对命运之神的叛逆/也拽紧了自己颠簸的命运”，“漫长的岁月和纤道/……这深沉的三部曲/构成了我们生活最辉煌的乐章”；“逆流/天生是我们生长的土壤/是我们希望所在的地方”（《纤夫》）。河流与纤夫对命运的反抗精神以及对未来充满必胜的信念的形象跃然纸上。这里，作者以饱蘸真情的笔墨为我们描述的“纤夫前行图”以及悲怆但毫不绝望的与河流抗争的画面，是我们充满深重苦难但时刻坚守着自己百折不挠进取精神的中华民族形象的象征，显示了作者对伟大祖国的热爱与歌颂，也是诗人自己生活态度的具体体现。

诗人对生活的态度进一步地通过他对乡村普通人物的态度及亲切关怀而陈述出来，它为读者描述、构建了一幅幅美丽又略显哀婉的乡村素描图。《山妹子》以漫不经心的笔调为读者讲述了一个易为常人忽略的“寻常悲剧”：“山妹子心里有了人儿呢/她为那人洗过衣衫/缀过纽扣交过心里话/那人和山妹子心里甜呢/但山妹子不是他的呢/山妹子是妈的是爸的/是媒婆弹簧般的巧舌的/是那令人眼花的彩礼的”。读到这里，任何有良知的读者都会滋生出一股很酸楚、很苦涩的感觉，并意会到作者对山村里不能主宰自己命运的山妹子寄予了莫大的同情，对山村固有的保守与愚昧充满了切肤般的疼痛感和愤懑之情。

有人说：“像上帝一样思考，像市民一样生活。”这句话从另一方面说明了诗人首先是人，其次才是诗人，他不可能每时每刻都生活在纯洁的精神空间；源于敏感，生活中的诸如失意、无奈、忧郁等冷色调总是更多更重更持久地拜访他。如何面对这种“冷色调”，诗人向我们提出“怎样使这平常的日子/过出一点不平常的滋味来”（《日子》），并告诫：“没有期待的苦痛/是沉重的苦痛”（《夜行》），“你会突然觉察/你所鄙视的正是你自己”（《你的鄙视和我的担心》）。不同生活经历的读者读到《平庸》《孤独》《兔属》等篇章的时候，会各有不同的心灵震颤。

收入集子中的爱情诗也写得十分动人，哀而不伤。面对开始但没有结束的情感历程，作者豁达地表白："然而你和我/各自都有自己的芳草地/各自都有自己的寻觅"。这便由私爱升华到博爱了。

我不得不提到作为诗集名的《赠你一块蓝天》这首诗了。为了"让你紫色的海星星和……/你深深的思索以及你的兴奋/都能找到一块驰骋之地"，诗人"真想把那块蓝天/赠给你　赠给你"。它呈现出作者的炽烈与真诚，读后令人回肠荡气，生活里的郁结因此随风而逝，心灵深处的黑暗在不知不觉中被荡涤殆尽，而进入一种崇高、澄明的思想境界。我想，读者不会拒绝诗人虔诚地赠予的这块蓝天的。

（载《文化周报》《安庆日报》）

结之为木　联之成林

李百灵

我是这样秀查结联诗文的:比之为木。举凡他的诗文,有质感,有纹理,山川之气,结之为木。这种木,我又称之为树,因为他是活的,有生气,有背景。可以是江南农村随便一个村庄,随便一棵在村口站岗的树;也可以是一种精神,比如鲁迅的胡子、枣树、岩石之类。

查结联是硬朗的。个子不高,只有几根骨头。喝酒时玩命。如果你不喝,他随身抽出一块骨头,敲打你,哪怕你是他老婆。可是对于故乡,对于新诗,他又是那样满怀赤子之心。故乡、故乡,父母之邦,海子的精神家园,陈独秀的革命摇篮。望着逝去的背影,查结联喉结高耸,他只有讴歌了。

23岁时,查结联是多么精致而小心啊！他到瓷厂参观,因好奇而伸手,瞬间,一只漂亮的碗坯碎了……“走近的不是我/而是你/和你梦幻般的美/碎了的不是你/而是我/和我颤抖着的手//世上所有的温柔/在亲近的瞬间/撞成碎片//也许只因欲望/使我和你/合演一幕悲剧”。这首小诗就像瓷器一样,唯美而薄脆,透明而隐约作响,具有卞之琳的风度。我喜欢这种简单的诗歌。斯时的查结联可不简单，在中国诗坛已崭露头角。1985年，他加入省作协，年22岁，为省作协最年轻的会员，在《诗刊》《诗歌报》《星星》《绿风》《诗人》《安徽文学》等报刊上，他发出了强有力的声音。他在现代派诗路上一路狂奔。如果照此发展，汉语诗坛上可能多了一个纯粹的诗人。可是没有。从泥土中走出来的查结联，他的根还在泥土里。木头就是木头，树就是树，在诗人眼里是风景，在劳动人民那里，那是：材。诗人看到了火光，母亲的语言：柴。诗人查结联似乎幡然醒悟了，他从八十年代的文学青年蜕变为现实主义诗人。他已进入中年，他看到了悲剧，他看到了压迫，他看到了人与人是多么的不同。义无反顾地，他剔除了那些虚无缥缈的东西。他更关注现实民生。木头终于还原为木头，还原为父亲的扁担，妹妹的嫁妆，甚至门框，甚至棺材。顺着这些木头，你能找到查结联心中的火，水中的鱼。在这些诗中，你看不到鱼的眼泪，因为鱼在水中。

在他的散文中，更能体现这些鱼水相依的东西，我称之为风俗。“年啊，家家买庄田啊”，这些故乡歌谣滋养了他。写到故乡，不能不写树。丘陵地区的树，兄弟一样排列，高高低低，联之成林。从树林中走出“手掬河水洗脸”的父亲；走出一茬茬灯笼，这些村庄来年的光芒；走出鸡屁股，红旗下的蛋，只是永远走不出母亲山路一样漫长的目光（《塑像》）。与他的诗相比，他的散文更结实一点。

1993年，查结联出版了诗集《赠你一块蓝天》(安徽文艺出版社)。这是本雅俗共赏的诗集，大俗大雅，见仁见智。之后，他开始了平和地写作，脑子在思想，喉舌却在歌唱。他的诗歌产量锐减，诗歌质量尖锐。他经常生气。而他的散文却心平气和得多。只要一摊开稿纸，故乡就湿气氤氲地呈现。

物质的东西多了，精神的东西就会少些。正如一间房子，堆满了家具，人的活动空间就少了。查结联生活在生活中，积累了经验，经验的东西就多了。我不敢说这是他的缺点，有所失也许正缘于他有所求哩。思辨的东西多了，诗歌的东西少了。骨头多了，血肉少了。查结联把他的瘦骨展现在我们面前。所以，我劝查结联，要长点肉。既然血肉可以筑起我们新的长城，那么树木亦可以蔚然成不老的风景吧。

(载《新安晚报》)

从三叶草到江南诗社

《橙周刊》专访

橙:很多诗人都不写诗了,你现在还写诗吗?你现在从事的工作和诗歌有关系吗?

查:很多人都不写了,有的做官,有的做生意,现在苦心耕耘的好像只有沈天鸿。我当年就预言过。但无论怎么说,今天的工作与安师大当年的诗歌还是有关系的,这是抹杀不掉的,比如我对报刊工作的管理。对艺术、哲学,甚至大一点的人生观、世界观都有影响,你无法逃避,哪怕你一百年不写诗。

现在基本不写了,有五六年了吧。以前,邵江天给我写了一篇诗评《他生活在感觉里》,现在我还保留着。这些文章一直陪伴着我,搬了多少次家,一直没有丢弃。我剪辑的文章有十几本,上面全部是发表的诗歌的剪贴。

橙:在今天,你仍然习惯于别人把你称之为诗人吗?而在当年,诗人的称号是一种什么样的感觉?

查:作为一个诗人是荣耀。真正的诗人是荣耀的,只不过,现在中国的诗歌已经走向没落。现在不是一个文学时代。

橙:有什么值得纪念的细节,和江南诗社有关的,或者和诗歌有关?

查:《江南》的前身叫《三叶草》,是个很薄的诗刊。当时钱叶用已参加青年诗会,发了很多诗,又比我高一届,所以我们推他为社长。当时教学楼一楼有个教师休息室,作为师大青年通讯社的办公室,学校党委宣传部部长很支持,团委也支持,雨花塘对面有个办公室,也给了我们。我和袁超每人都有一把钥匙,这样一来,诗社也就有了办公地点。学校还专门给拉了一部电话,在当时,应该算是超现实的享受了。那是一种青春的激情,像火一样,要燃烧。

第一次到北京改稿,回来后到学校计财处报销,大家都感到惊讶。

橙:好像现在人谈诗歌再也没有80年代那样的狂热,你怎么看待这个问题呢?

查:那是一个诗歌的年代,也是一个文学的年代。

今天,中国诗歌走到现在的地步,未必就是一件坏事情,迟早有一天会有一个新的光复。中国是一个诗歌的国度,从风雅颂的口耳相传开始,彻底消亡是不可能的,振兴是另外一种意义和形式的振兴。

橙:你如何评价江南诗社?在今天,你和现在的诗社有联系吗?如果有,怎么看待不同时代的诗歌特质呢?

查:用一句话讲,江南诗社是我们这一批人的骄傲,更是师大的骄傲,当年,会员最多时达300人,在全国打得响的有四五十人,也是他们终身的骄傲。我几次同师大领导说，江南诗社要传承下去，是师大的品牌。当时全国最权威的评论刊物《当代文艺思潮》发了罗巴的诗评，可见当年江南诗社在全国诗歌界的影响。

橙：诗歌在那个年代对你意味着什么？现在看呢？

查：不像当年，全部都卖给了青春和诗歌。那个年代，你不写诗，好像你就不懂文学。诗歌更多的时候是精神，是生活的希望。仿佛离开诗歌，你就变得茫然。

江南诗社兴盛于80年代中期，在当时全国校园诗社群中，颇具影响，也出现了一批在当时乃至现在都有影响的诗人。

橙：回到我们的主题，你现在回忆二十年前的师大，怎样的感觉？

查：诗歌的年代，经常会想，做梦都想。特别是我，对师大有特别的感情，因为我当时在师大宣传部任职，又兼任《江南》主编。

当然，有些人因为工作等各方面的原因，已经不写了。但情结还在，像初恋一样美好。现在回想起来，恍然若梦。你这样一问，突然间让我回到了师大，时光一下子就跨越了过去，这种感觉是很微妙的，很难一下子表达出来。

好像前不久在网上恶炒得很热的，有一个软件，输入几个关键词，就出现一首诗。这很有意思。好像最近我看到一篇文章，叫《是我们嘲弄了诗歌，还是诗歌嘲弄了我们》。在此背景下，纪念“江南”这个选题，是一件有意义的事。

当年，即“伤痕文学”后，80年代的诗歌狂潮应该看作是一次“文艺复兴”。当年最活跃的是校园诗歌。中国的很多思想大都是从学校产生的。现在回头看去，80年代诗歌热浪的掀起是时代和历史的必然。

（为纪念安徽师范大学江南诗社成立二十周年，《安徽商报·橙周刊》推出《纪念江南诗社》专辑。此文为《橙周刊》记者对作者的专访。）

礼赞生命

——《时光渡口》选编后记

王玉佩

思风发于胸臆，友情笃于道合。我和结联相处已二十多年了。今年6月，他把编选诗作出版的想法告诉了我，集子取名为《时光渡口》，我极力赞成。他当场就把编选的事交给了我，我也义不容辞地承担下来。在七八月间暑热最长的那段日子里，将书稿编选毕。结联让我写点文字，我也欣然应允。但写点什么呢？由此想起艾略特的诗论以及他对诗歌的分类及评价方法。他认为以诗歌的材料进行分类更有价值。比如：意象、行为、思想或灵感的结晶、事件、瞬间的情感体验，以及景色中的自然万物等，都是诗材。只要把材料相同的诗放在一起进行比较，看此材料是否得到充分运用就一切了然。诗人所用的材料越可靠，构成了诗的形体和灵魂，诗越有客观意义，也就越有价值。这与《易经》中"圣人立象以尽意"颇为相似。从艾略特对诗歌的分类论述，再看查结联的《时光渡口》，全集分为哲理诗、颂诗、爱情诗、乡村诗及散文诗五辑，共有诗作211首，散文诗43篇。所有作品，"意授于思，言授于意，密则无际，疏则千里"（《文心雕龙·神思》），体现了诗人的睿智和仁者的情怀。他所使用的材料尽管有空中之音、相中之色、水中之月、镜中之象、高山之林、江河之韵，以及人间世事，但仔细看来，只有两个字：生命，并由此阐发生命的哲思、生命的质量及生命的延续，充满了对生命的礼赞这一艺术灵魂线。

二

以诗情演哲理，以哲理融诗情。中国历代的玄言诗、步虚诗、禅门诗、道学诗以及箴铭诗等，皆属于哲理诗的范畴，但大都意在说理，读者不十分钟爱。究其原因，是哲理与诗心缺乏有机的契合。查结联注重以诗情演哲理、以哲理融诗情，所以，他的哲理诗写得戛戛独造，不落窠臼。在收入本集的哲理诗中，结联面对大千世界，以人的高级生命俯瞰自然界一切生命体——从植物到动物，进行拟人化、个性化的演绎，来开掘厚重的思想，演哲理、融诗情，礼赞生命的神奇。“洁白的嘴唇 / 吐出缕缕思念……”（《百合花》），“雪粒试图掩盖 / 这惨不忍睹的怆凉……几丝幽绿的苔藓 / 竭力想突出厚厚的雪层 / 为树们增添些许温暖”（《树》），看起来写的是植物，实际上是融哲理于诗情，昭示了人类的情感，蕴含了人的哲思。这是对植物生命的深情礼赞；而对动物生命的探索，更能体现这一生命领域的生存哲学，那就是以伤害同类或异类来求得自身的生存，“不

屈的顽强 / 使你高昂的头颅 / 昭示永恒的美丽 / 因为美丽 / 你放倒生命"(《眼镜蛇》)。但是,生命世界是多样的,也正因为有这些同类相残、异类搏杀、适者生存、强者庞大,才保持了生物界的平衡和人类的生存环境,而人类也从动植物的生存技巧中知小而谋强,发现了本体的优劣,从而更加完善了生命哲学。

以生物界为诗材,来创作体现生命哲思的诗歌好像容易些,而以自然、物质世界无生命体来创作蕴含生命哲思的诗作,并非易事。但结联是个对艺术高峰勇于攀登的人,越是难度大,他偏要迎着困难上,以使自己的作品达到更高的境界。《时光渡口》中有关这类诗作,以"灵芬画意养诗情"的深厚功底及"云物传神水写生"的妙笔,将人和物进行链接,挟生命而出情。"山峦依据钢铁似的法则/构筑起钢铁似的苑囿栅栏/于是诞生了绳似的山间小道/升腾袅袅炊烟的青灰屋脊/于是有了油菜花拂动的金黄/稻麦汹涌的层层叠叠波浪/于是牛背驮负起牧笛款款的优雅/哞哞声声播扬生灵的顽强……岁月演绎山峦沉甸的价值/山峦永存　山魂永存不朽"(《山峦》)。由山峦及人,一个无生命的物体石头幻化出有生命的灵魂,令人回味无穷。这是以有形物体为诗材;而对无形的物体,要赋予生命的哲思,那就要扩展遐想的空间,亦即"关乎天文,以察时变;关乎人文,以化成天下",方能写出高质量的诗作。

查结联对此处理得可谓游刃有余。“霞光镀亮你/夜色包裹你/你自徐来你自徐去/而你拂去的/只是空空的行囊/你所携带的/只有高高低低的叹息”(《江风》)。这就是作者以特有的敏感,捕捉适宜于表达思维情感的事物,融情入景,剪裁烹炼,注重理趣的涵泳,哲理与诗心相互契合,无痕有味,观相无相,将无形的事物转化为生动的艺术形象,以此来礼赞生命之伟大。

二

黑格尔曾经说过,如果缺少贯穿一个时代的精神,一切都将失去支撑。如果用这个意思来解释什么是生命的质量,就可以理解为是崇高精神的聚合体。中国古人的说法是“天行健,君子以自强不息;地势坤,君子以厚德载物”,用现在的话说,就是人生在实践的历程中把生命进行拓展和创造,使它成为一个高质量生命的结晶体。所以说,生命的本质在于创造,生命的质量在于凝聚。《搁浅的船》以生命的质量为诗材,多角度地描绘生命在实践中的创造过程。诗人在艺术地表现生命质量的创造和凝聚,不是生命现象的刻板记录,而是以精神染色,浃化生命才情,用生命的神韵、生命的顽强、生命的情调,将万物点化成盎然生机,以激励人心。

怡情泉写韵，悦性鸟能言。这就是生命神韵的写照。但没有自然就没有生命，也不可能有生命的神韵。中国古代三大哲学传统儒、道、墨，都是致力于把握人和自然的合一。天人相融发灵性，妙笔含情物色新，生命的神韵就在其中了。查结联的睿智，是由空灵画意的山川荣养的，他的生命精神，亦在山水间勃发跃动，以此来描绘生命的神韵。“仿佛清亮的山泉/婉转缠绵山间/细妹子又在唤她阿哥了/那泉飞溅山坳那边/引来阿哥林啸般的急切……山峦汹涌火辣辣的情愫/森林延绵不尽”（《山歌》）。作者尽情描绘了一幅饱孕生命神韵的美轮美奂的画图。

生命之所以有如此迷人的神韵，是因为它们的坚韧与顽强。自然界的一切生命体，都在生生不息地轮回，而在这轮回过程中，都遭遇到意想不到的灾难，有时甚至是灭顶之灾，但它们都顽强地活了下来并代代延续。这是一种神奇的力量，这是一种坚韧的精神，这是一种超常的毅力，哪怕是一株不知名的小草，若是探究它的祖宗，至少也有数万年。生命的这种顽强精神，从古颂扬至今。情酣千峰绿，意古一江曜。诗人就被生命的这种顽强感动着、震撼着，并且颂扬着、赞美着。“面对千年葱郁的森林，在高高的危岩，你显示着比石头更为沉甸的高大。你俯视一切，并以黄山清幽微风所赋予的温情和气派，有所抗拒，又有所温驯。你深信黄山的伟岸与广博，故而你从未倒仆，从未畏缩。高山所有的奥秘都被你戳破,茂叶不能覆盖你裸露的躯体所勃发的赤裸的激情……存在一天,矗立一天,是你不屈而顽强的信念。”(《黄山松》)艺术创作,就是以自然之身心投向自然的怀抱,更将宇宙的奥妙摄入一己的灵台。这种对生物拟人化的颂扬,无疑倾注了诗人的情感。当然,艺术家的理想,除了将大自然的范型转变作艺术家的意匠外,把对人的顽强精神的讴歌,同样作为创作的宗旨。《时光渡口》中,描写动物界、植物界的诗篇,无不涵盖人的换位情感,而写到人的生命顽强时,更是激越澎湃,感人至深。“我说,您/和您骨头里的伤口/真该去看看那些石头/它们的灵性之光/将映照当年子弹的尖啸/点燃您蛰伏已久的激情/石头遮蔽下的泥土/深植英雄之根系/高耸顶天立地八面威风的神采/崇高如山岳/气派似湖海/永留一幅令人震颤的剪影/光耀古中华千千万万的/黑色瞳仁”(《真该去看看那些石头》);“他们的血色浪花/拍打无以穷尽的愿望岛屿/年年岁岁从未间歇/永不风化的精神/成为顽强的籽粒/落地生根”(《话说英雄》)。这里所描写的,是作为生命主体的人,随着普遍生命的大化流行,一层层向上提升生命的顽强精神,去不断追求更高的境界、更完善的人格。

但生命的顽强并非生命没有情调。无论动植物的生命,都充满了普遍生命流淌的绚丽多彩、变化多端、创造不息的河流，并以此昭示：天地之美寄于生命，生命之美形于情调，“人们脱尽了冬装/于悄然不觉间/女人们开始展示魅力四溢的形体/那些久违的植物/一夜间从地底探出张望的脸/树的枝头仍不舍弃重复/再次吐蕾绽芽”（《春天的本质》）。这便是一幅生命情调的美丽画图。这也足以说明，一切艺术，当然也含诗歌，都是从体贴生命伟大之处得来的。所以说，诗人把体味生命的情调发挥到了极致。他把一己的生命关注到整个人世间，以己立而立人、己达而达人的最高情调，俯视万物生灵，巍巍的大山、苍茫的林海、奔腾的江河、浩瀚的湖海，以及它们所孕育抚养的不绝的生命体的各色情调，都在催发着人的超凡思维，心气的高傲、理想的卓越、道德的完善、品格的高洁、精神的雄健，都能成为他描绘生命情调的范畴，于是他歌之舞之、悲之喜之、哭之笑之。“于是，我走向沙漠。于是，我结识了那么多既会抒发情愫又会嚎叫的流浪的太阳和月亮——我们一起走向沙漠……缤纷的思绪滋长了旅行者的疲惫，在沙漠沉静的律动中旅行者终于成为永恒的思想者。若干年后也许会生长出一棵古怪的纺锤树，后来的旅行者也许能在这棵树底下想起些什么。”（《沙漠旅行》）这也是人生旅途的一种瑰意琦行、超拔绝俗、苦其心志、坚忍纯笃的情调。但情调并非都像一枝花，有笑言有欢乐也有辛酸和悲怆，更多的是留给人的无限遐思。就像一只《搁浅的船》,“那惊心动魄的搏斗/那胜利者的兴奋/那只要经历过一次/就永远不能忘却的苦难”。

三

“诗的功能在做生命之梦”——歌德如是说。但没有生命的延续,也就没有了诗的功能。而爱情,就是生命延续的序幕。青山绿水共为邻萌生的爱情,月影花摇,两心相印,山盟海誓,纯朴高洁。所以,查结联的爱情诗写得别有风味。收在本集的爱情诗,可以说是诗人对生命延续的探索、思考和赞颂。植物的延续有借助风的传送、蜂的媒介和自身遗传机制的奇特;动物对生命的延续已经有爱情的因素,但大都躲避不了强悍的占有;唯有人的生命延续以爱情来奠基,上下五千年,延绵不断。而爱情又是曲折的,由此也带来了生命延续的困惑、曲折与磨难。发生在诗人的故乡、被称为中国爱情的千古绝唱的《孔雀东南飞》,就是曲折爱情的写照。中国的儒家文化重人文、重秩序、重教化,以道德为核心;道家文化重自然、重自由、重个体生命。儒道互补构成了中国文化的支撑体系。这是中国文化的伟大。但也不可否认,由此而派生的封建婚姻制度,在一定程度上抹杀了爱情,影响了生命延续的质量,所以文学家和诗人才创作出无数凄美的爱情故事和诗篇,以此来表达对忠贞爱情的颂扬和对美满婚姻的向往及启迪。直到今日，封建婚姻的阴霾还没根绝，仍在和与时俱进的婚恋观博弈，但这已经无法与爱情时尚流行色抗衡了。本集所收的爱情诗，就有上述文化现象的底蕴。无论城市或乡村，所绽放的爱情之花，绚丽多彩，但能否结果却是另一回事。"将手伸向你/什么也没握住/我适才的那团火热/也不知去了何处/那两束金黄的丝带呢……/我的灵魂/也因这猝不及防的打击/龟缩到谁也关注不到的角落/什么也没握住/可随这轻轻一握/那么多设计精心的蓝图/就已无踪无影"(《适才那静静的一瞬》)。这就是曲折爱情的瞬间写照，这就是无论在都市豪华的居室，还是在乡村兀立雪野的小屋，所演绎的爱情的悲喜剧，生命的延续也由此显得曲折多变。

但青年男女对美好爱情的追求，从来就没停止过。一首首诗词，一篇篇美文，一段段誓言，是对爱情的向往，是对爱情的陶醉，是对美满结合的心声，是对幸福生活的颂歌，其中也有对爱情悲剧的追悔和无奈。也许"鱼水千年合，芝兰百世荣"，才是对生命延续的最好诠释。"不要再眺望了/那只是一个神话/一个耗费了你所有真诚和热情的/虚无缥缈的梦幻/在你身后 / 闪烁着两束炽热的目光/它们的热切/会使你冰冷的心脏/重新活泼地跳动/会使你凝固的血液/再次浪潮般汹涌"(《望夫石》)。

新的爱情观由此结束了望夫的年代，可以自由地寻觅爱侣，演绎着曲折和美丽。“翘立着兔耳般的机警/我并非明察秋毫之眼/紧盯那扇绿色门柄/于空气的悄然中/我等待那绝妙的细微声响”（《夜待》）；“真希望你的窗玻/被秋风狠狠地击碎/让我有一个秋天/有一个在你窗内停泊的/秋的丰硕”（《你的窗户》）。爱情从寻觅、等待，终于到了成熟的收获期。

无论以什么样的形式、情感结成的婚姻，一旦成为事实，生命就得以延续。对新生命付出博大情怀之爱的，就是母亲。母爱，是人类最圣洁最深厚的情感。诗人对母爱的情真意切的精美颂扬，令人感动：“当我在母亲面前挺起比她还高出一个头颅的男子汉的身躯时，我多么希望她把信赖和生活的沉重，毫无顾忌地放上我的肩胛！”（《生日断想》）这是远方的儿子在深情地思念母亲，所揭示的，并非是作者一个人对母亲的爱，因为忠孝相连，家国一体，才能形成民族的美德。生命的延续，不仅仅是一个个的子代，而应是一个个高质量的子代群体，这是一个国家一个民族能否持久、健康和发展的关键，也是生命延续的普遍意义。

四

凡是生命都有根。查结联老家在农村,他是“带着村头那棵银杏树/苍老而真诚的祝福”,“一头挑着幸运/一头担着艰辛”(《故乡》)顺着羊肠小道离开家乡的。所以,作为出生在至今有一千六百多年历史、曾被称为安徽的“首府首县”怀宁农村的诗人查结联,家乡的山,家乡的水,家乡的田,家乡的畈,都留下他的足迹。乡村是他的根,成为他的诗材,从“农稳社稷,粮安天下”的宏观思索,倾注对乡村的热爱与关注之情。

这部集子所选的乡村诗中,结联用明快的笔触摇荡乡村生命的浓情,敷写心灵的蜜意,乡村的形象涌现出自然的纯美,诗的幻想渗透着人类青春时代的奔放热情,用活泼的精神观感外物,默察内心,令人感觉到山的亮色,水的秀色,花的艳色,树的绿色,日月的明媚,田野的多彩,荷塘的香洌,以及大气之温馨,鸟兽之恬怡,蛩鱼之游乐,少女之袅娜,儿童之真纯,来缀饰生命之美。“那长满栗树的葱茏的山岗/那散发苦艾气息和稻花香的田野/那袅袅娜娜的淡蓝炊烟/那缥缥缈缈的乡村小调……不时走向枕头走进梦中/枕巾常湿　心儿常湿”(《故乡》),“故乡潺潺的溪流/将细细密密的缕缕乡情/送到这里呈现眼前/

母亲呼唤乳名的甜蜜……/常使记忆滚烫”(《乡情》)——这是对故乡的眷恋之情;“那是充满生机的季节/早春原野的嫩绿/都被我轻轻吹出笛管/你说:送给我吧/让我珍藏这片春色”(《那支柳笛》)——这是对故乡的热爱之情。

诗人以“为天地立心”的情怀,不但眷恋乡村、热爱乡村,而且更关注乡村。古今中外,无论哲学家、文学家,从不脱离现实,他们的著述都与现实息息相关。结联遵循的正是这一原则。他对乡村的关注不是理想主义的臆说,也不像某些文学艺术作品那样跟着时局的风向回避矛盾而歌舞升平,而是处处贴近生活,从乡村政治到乡村经济,从乡村风俗到乡村文化,从乡村旧观念束缚到新观念发展,从传统美德的发扬到新道德的萌生,乡土、乡音、乡情、乡亲、乡俗,等等,都是他关注的范畴,所以,他的乡村诗写得厚重而清新、亮丽而多彩,独具匠心而又无雕镂之痕,更没有无病呻吟的瑕疵。他在描绘饱经沧桑的农民形象是这样写的:“你的脊背深深佝偻着/我真不敢相信/那就是我曾栖息的礁石/离开泥土太久远了/我感到已是一棵无根之萍/是你又让我进入泥土的醇厚”(《父亲从乡下来》);而对耕种的艰辛和收获的喜悦,又换了一种欢快的笔调:“积攒了一年的欢乐/连同昔日的苦闷/都爆响在/那向往已久的火花里/在春天和秋天叠印的田野/抛洒了热切的希冀/收获/和惊异一起/走进散发着香馨的农舍”(《除夕》);对描写乡村人的观念变化,又是一种喜悦的笔触:“黑娃和他的女人/大白天在村头并肩走着呢/村里后生们羡慕的眼光/滴溜溜在他们身上直转呢/老人们也不讲闲话/因为他们是城里人呢”(《黑娃带着女朋友回村了》)。高华朗畅,精义入神——这就是结联乡村诗的特色。

《时光渡口》多侧面、多角度地礼赞“世界永恒生命永恒”,从而凝聚了人们对民族的敬仰、对国家的热爱。“立德不绝俗,则不能收其美声著厚实;执志不绝群,则不能臻成功铭弘勋”(《抱朴子》),这两句话,不但是结联,而且也是大多文学创作者努力的方向。

2014年中秋节于书香苑